KB126480

목마 퓨전 판타지 장편소설
WISHBOOKS FUSION FANTASY STORY

목마 퓨전 판타지 장편소설

초판 1쇄 찍은 날 | 2019년 6월 4일
초판 1쇄 펴낸 날 | 2019년 6월 12일

지은이 | 목마
펴낸이 | 예경원

기획 | 위시북스
편집책임 | 이규재
편집 | 위시북스

펴낸곳 | 예원북스
등록번호 | 제396-2012-000132호
등록일자 | 2012. 7. 25
KFN | 제1-419호

주소 | 경기도 고양시 일산동구 호수로 646-24 위너스21॥빌딩 206A호 (우)10401
전화 | 031-819-9431 팩스 | 031-817-9432
E-mail | yewonbooks@naver.com

ISBN 979-11-6424-344-0 04810
　　　979-11-6424-342-6 (set)

무공을 배우다 2

목마 퓨전 판타지 장편소설
WISHBOOKS FUSION FANTASY STORY

Wish Books

CONTENTS

1장
말동무

13 군주는 어비스에 들어오는 헌터를 위해 다양한 편의를 준비해 주었다.

만약 어비스의 거주 구역이 처음 들어가는 도시, 판데모니엄뿐이라면 헌터들의 생존율은 굉장히 낮아졌을 것이다.

가장 큰 도시는 최초로 도착하는 판데모니엄이었지만, 어비스 곳곳에는 헌터가 정착하고 생활할 수 있을 만한 거주 구역들이 마련되어 있다.

그런 거주 구역은 강력한 마법으로 보호되어 있어서, 어비스의 몬스터들도 들어올 수 없다. 거주 구역 바깥에서는 언제 몬스터가 나타날지 몰라 항시 긴장해야 하지만, 거주 구역 안에서는 그를 걱정할 필요가 없다.

판데모니엄 외의 거주 구역에 들어오는 것은 이번이 처음이었다. 백현은 휘파람을 불며 주변을 둘러보았다. '헤라드.' 이 거주 구역의 이름이다. 판데모니엄만큼은 아니었지만, 이 거주 구역도 꽤 커다란 곳이었다.

　특히 이곳은 퓨어세인트와 계약한 헌터들이 거점으로 많이 삼는 곳이다.

　쇠뿔도 단김에 빼라고, 그 대단하신 13 군주와 한 번 만나보기 위해 이곳까지 왔지만, 백현이 그전에 거주 구역에 들른 것에는 이유가 있었다.

　퓨어세인트의 영지인 성역(聖域). 사실 영지라고 말하기는 하지만, 군주들의 영지는 어느 한 지역을 특정 지어 말하는 것이 아니다.

　군주들의 영지는 어비스에 존재하되 존재하지 않는 곳이다.

　영지에 들어가기 위해서는 그만한 자격을 갖추어야 하고, 그렇기 때문에 스스로 영지에 들어갈 만한 자격을 갖추었다고 생각하는…… 혹은, 영지에 들어가기를 간절히 바라는 자들이 영지 근처의 거주 구역에 머무른다.

　백현도 마찬가지였다. 퓨어세인트가 성역에 들러달라고 말하기는 했지만, 백현은 성역의 위치를 정확히 알지 못했다. 그리고 거주 구역에 나름의 볼일도 있었다.

　거주 구역이 헌터를 위한 편의인 것처럼, 헌터가 자기 자신을 살필 수 있는 '상태창'이나 성장 보정인 '레벨' 역시 헌터를 위한 편의 중 하나다.

'상점' 또한 마찬가지다. 헌터들이 몬스터를 사냥해 얻은 전리품이나 어비스를 탐색하여 얻은 아이템을 올리고 판매하는 상점은, 거주 구역에서만 사용이 가능했다.

"텔레포트 스크롤이 있을 줄이야."

백현은 한숨을 푹 내쉬었다.

어비스는 굉장히 넓은 곳이다. 백현이 판데모니엄에서 이곳까지 쉬지 않고 달려오는 것에만 일주일에 가까운 시간이 걸렸다.

텔레포트 스크롤은 어비스에서 보편적으로 사용되는 소모품으로, 위치엔드와 계약한 헌터들이 생산하고 있었다.

물론 텔레포트 스크롤이라고 해서 만능은 아니다. 거주 구역에서밖에 사용할 수 없고, 이동할 수 있는 곳은 한 번 가보았던 거주 구역뿐이다.

하지만 그 정도로도 넓은 어비스를 여행하는 것에는 굉장한 도움이 된다.

토벌 보상으로 받은 코인을 모두 환전한 것은 아니라, 백현의 인벤토리에는 상당히 많은 코인이 남아 있었다.

이번 기회에 인벤토리도 비울 겸, 백현은 상점창에 자신이 가진 아이템을 모조리 올려 버렸다.

시세는 상점에서 알아서 정해주었고, 팔리거나 말거나 백현이 알 바는 아니었다.

텔레포트 스크롤은 소모품인 만큼 매물이 많았다. 그리 싼 가격은 아니었지만, 백현은 예비로 쓸 텔레포트 스크롤을 몇 개 구입했다.

당장 백현이 하고 싶은 것은, 일단 만날 수 있는 어비스의 군주를 모두 한 번 만나보는 것이었다.

찾아간다고 그들이 만나줄지는 의문이었지만, 일단 한 번 가보기는 할 생각이었다.

'여기서 가장 가까운 건 성역……. 그리고 용성군의 영지인가.'

튜토리얼이 끝났을 때, 백현에게 찾아오라고 권유했던 것은 퓨어세인트와 흑장미의 여왕이다.

하지만 정작 흑장미의 여왕은 흑장미 성의 위치를 알려주지 않았다.

"거참. 어딘지는 말하고 찾아오라고 해야 할 것 아냐?"

백현은 그렇게 투덜거리면서 상점창을 훑어보았다. 처음 상점창을 열었을 때는 가진 코인이 없어서 유심히 보지 않았는데, 새삼 보니 파는 아이템에 시선이 가는 것들이 많았다.

특히나 백현의 시선을 끄는 것은 무기와 방어구들이었다. 어비스는 여러모로 게임과 비슷했지만, 그렇다고 지렁이를 잡았는데 칼이 떨어지거나 하지는 않는다.

무기를 만들기 위해서는 무기를 들고 있는 몬스터를 쓰러뜨려 빼앗거나, 어비스의 '던전'을 탐색해야 한다. 방어구도 마찬가지였다.

혹은 헌터가 직접 만드는 방법도 있다. 그것에 특화된 헌터들이 바로 '아이언 메이드'와 계약한 헌터들이다.

그렇다고 그들이 망치질이나 하는 장인인 것은 아니었다. 전투 능력 또한 무시할 수 없는 수준이었다.

13 군주들의 능력은 각자 무언가에 특화되어 있고 다양하다. 백현이 가장 흥미를 가진 군주는 무공을 쓰는 '무령'이었지만, 그렇다고 마법에 흥미가 없는 것은 아니었다.

이 거주 구역에 가까운 곳에 있는 퓨어세인트 역시, 어떠한 의미로는 '마법'과 관련된 군주였다.

신성 마법. 상처를 치료하는 것부터 해서 다양한 기적을 일으킨다. 군주들에게서 권능을 받은 헌터들은 어비스 안에서만 능력을 활용하지 않는다.

특히 퓨어세인트의 신성 마법은 의료계에서 각광받고 있었다. 상위 레벨의 헌터는 그 권능을 통해 불구자까지 치료할 수 있고, 불치병도 치료한다. 그야말로 기적이라 할 만했다.

그 덕분인지 퓨어세인트는 현실에서 가장 많은 지지를 받는 군주 중 하나였고, 그와 계약한 헌터들이 많은 이 거주 구역은 성스러운 분위기를 풍겼다.

오가는 헌터들 모두 잔잔한 미소를 짓고 있고, 근심 따위는 없어 보였다. 거주 구역 바깥은 몬스터가 들끓는데, 이곳은 너무나도 평화로워 보였다. 백현은 어제 보았던 지하철 입구에서의 실랑이를 떠올렸다.

'퓨어 세인트를 믿으십시오.'

"아, 당신은……."

거리를 지나는 중에, 누군가가 백현에게 아는 척을 했다. 그쪽을 돌아보니 백현도 아는 얼굴이 두 눈을 동그랗게 뜨고 그를 보고 있었다.

"수아 씨?"

"말 편하게 하셔도 돼요."

정수아였다. 그녀는 새카만 가죽 재질의 전신 타이츠 느낌의 옷을 입고 있었는데, 백현이 자신을 빤히 보자 조금 민망하단 표정을 지으며 슬며시 어깨를 움츠렸다.

"그…… 이런 취향이라서가 아니라."

"안 답답해요?"

"익숙해서요……."

"더워 보이네요."

"덥지는 않아요. 이거 되게 시원해요."

"통풍이 안 될 것 같은데."

"아니에요. 이거 몬스터 가죽인데, 이래 보여도 바람 되게 잘 통해요."

정수아는 그렇게 대답하면서 낮게 헛기침을 했다.

"화천에서는 그거 안 입었잖아요?"

"……방송국에서 촬영하는데 이걸 어떻게 입어요? 그리고 그 정도 토벌에서는 입을 필요도 없죠."

대답 뒤에, 정수아는 쓰게 웃었다.

"그리고 제가 뭐 할 틈도 없이 오빠가 다 잡았잖아요."

"……오빠?"

"스물여섯 살이라고 하셨잖아요. 저 스물다섯이니까…… 오빠라고 하지 말까요?"

"아, 그건 괜찮아요."

"말 편하게 하셔도 괜찮다니까요."

정수아가 싹싹한 태도로 대답했다. 백현은 두 눈을 깜박거리며 정수아를 쳐다보았다.

엄밀히 따지자면 백현의 나이는 스물여섯은 아니다. 도원경에서 이십 년을 살았으니, 그것까지 생각한다면 마흔이 넘은 나이다. 하지만 백현은 자신이 마흔이 넘은 나이라고는 절대로 생각하지 않았다.

'거기서야 무공 생각밖에 안 했는데.'

이러니저러니 해도, 자기 나이라 기왕이면 어린 것이 좋다고 생각했다.

"여기서 뭐 해?"

"귀면주(鬼面蛛) 둥지에 볼일이 있어서요."

"귀면주?"

"……그…… 뭐라고 해야 하지. 좀 이상하게 생긴 엄청 큰 거미라는데…… 저한테 좀 필요해서요. 상점에서도 매물이 없어서, 제가 직접 구하려고요."

"뭐가 필요한데 그래?"

"독이요."

정수아가 대답했다. 독? 의외의 대답에 백현은 머리를 갸웃거렸다. 그런 백현을 보면서, 정수아는 그런 반응을 예상했다는 듯이 쓰게 웃었다.

"제가 가진 권능이 독에 관련되어 있거든요."

"그거 막 말해줘도 되는 거야?"

"제 능력은 꽤 노골적이라서, 모르는 사람도 없는걸요."

백현은 몰랐다. 유명한 헌터들의 이름이야 검색해 봤지만, 백현의 관심사는 무공을 사용하는 박준환이었지 정수아는 아니었다.

'독, 독이라…….'

백현의 눈이 반짝 빛났다.

"내가 좀 도와줄까?"

"네?"

"혼자는 좀 위험할…… 아니, 네 능력이면 위험은 아니겠다. 그치?"

"그거야 뭐……."

정수아가 말끝을 흐렸다. 위험이라니. 조금 자존심이 상하는 말이었다. 그녀의 레벨과 유명세는 이 근처에서 위험하다는 소리를 들을 정도는 결코 아니었다.

하지만 정수아는 그것을 내색할 수가 없었다. 어비스 출입소에서 백현이 보여주었던 신위가 너무 경악스러웠기 때문이다.

"그래도 혼자서 가면 심심하잖아. 말동무라도 하나 데리고 가면 얼마나 좋아?"

"……그렇지만…… 오빠도 볼일 있어서 여기까지 온 것 아니에요?"

"그리 급한 볼일도 아니야. 사실 여기까지 오긴 했는데, 어디로 가야 할지도 모르거든."

"그건 또 무슨 말이에요?"

"성역에 가려고 왔는데, 어디로 가야 할지 모르겠어."

백현은 그렇게 말하면서 너털웃음을 흘렸다. 그 말에 정수아가 두 눈을 휘둥그레 떴다.

"서…… 성역? 퓨어세인트의 성역을 말하는 거예요?"

"응."

"지금 무슨 말을 하는 거예요? 오빠, 퓨어세인트랑 계약 했었…… 아니, 그럴 리가. 오빠는 분명 아무 군주랑도 계약하지 않았을 텐데……?"

"튜토리얼 끝났을 때, 퓨어세인트가 나한테 메시지를 보냈었어. 성역에 한 번 와달라고 말이야."

백현의 말에 정수아가 망치로 한 대 얻어맞은 것 같은 표정을 지었다.

"그런데 어디로 가야 할지 알 수가 있어야지. 그리고 이건 내 개인적인 호기심이기도 해. 귀면주나 독이나…… 좀 관심이 있거든."

"무…… 무슨 말인지 잘 모르겠어요."

"별로 급한 일이 아니라는 거야."

그 말을 들으며 정수아는 뭐라고 대답해야 할지 순간 망설였다. 그녀에게 귀면주의 독에 대해 알려준 것은 정보 길드가 아니었고, 그녀 스스로 알아낸 것도 아니었다.

그것은 계시(啓示)였다. 그녀와 계약한 군주, '재생의 뱀'이 귀면주의 독에 대해 직접 계시를 내렸다.

군주에게 계시를 받는 일은 무척이나 진귀한 일이었기에, 정수아는 본래 하던 일을 모조리 뒤로 미뤄놓고서 이곳으로 왔다.

'이 일은 재생의 뱀이 나를 시험하는 것일지도 모르는데……
오빠의 도움을 받아도 되는 것일까?'

생각이 거기까지 미친 정수아가 거절하려 할 때.

[재생의 뱀이 당신의 걱정이 과함에 웃습니다.]
[재생의 뱀이 저 남자와 함께 가는 것에 은근한 기대를 보입니다.]

정수아의 머릿속에 그런 목소리가 들렸다. 정수아는 자신
도 모르게 헉하고 숨을 삼켰다.

"가, 같이 가요."

"응?"

"오빠 말이 맞아요. 말동무…… 응, 말동무가 있으면 좋죠."

정수아는 떨리는 목소리로 말했다. 저런 식으로 군주가 자
신의 감정을 직접 드러내는 일 또한 굉장히 드문 일이었다.

정수아는 혼란스러운 눈으로 백현을 보았다. 자신과 계약
하지도 않은 인간에게 저렇게 노골적인 관심을 보이다니. 그것
도 계약조차 잘 권하지 않고, 아직 예비 사도도 두지 않은 재
생의 뱀이……

"그럼 지금 당장 가볼까."

"네…… 네? 지금 바로요?"

"왜? 뭐 준비해야 해?"

"저…… 야, 뭐…… 준비는 다 하고 왔죠. 하지만 오빠는 아무 준비도 하지 않았잖아요. 귀면주가 어떤 몬스터인지도 모르고……."

"별 준비는 안 해도 될 것 같은데. 어떤 몬스터인지는 가는 길에 네가 설명해 주면 되잖아. 아, 혹시……."

백현은 문득 드는 생각에, 조금 진지한 표정으로 정수아를 쳐다보았다.

"귀면주 그거. 많이 징그럽게 생겼어?"

"……어…… 저도 직접 본 적은 없지만…… 많이 징그럽다던데요?"

"그렇겠지. 일단 거미인 거잖아."

백현은 그렇게 투덜거리면서 한숨을 푹 내쉬었다. 정수아는 의외라는 표정을 지으며 백현을 바라보았다.

"오빠. 벌레 무서워해요?"

"무서워하진 않고, 싫어하지."

하긴 화천 어비스 출입소에 나타났던 몬스터들도 벌레였는데.

"그러니까…… 나는 말이야, 방구석에 바퀴벌레가 나타나면, 비명을 지르면서 도망가는 게 아니라…… 질색하면서 잡는 쪽이야."

"잡긴 한다는 거네요."

저런 말도 안 되는 힘을 가지고 있으면서 벌레가 싫다니. 정수아는 백현이 가진 의외의 모습에 조금 신기함을 느끼면서, 손을 들어 거주 구역의 입구를 가리켰다.

"귀면주의 둥지는 입구를 나가서 좀 이동해야 해요."

"너 빨라?"

"무슨 뜻이에요?"

"뛰는 거 빠르냐고."

"느리진 않을 것 같은데."

"그러면 먼저 뛰어."

백현은 손을 흔들며 말했다. 그 말을 이해하지 못한 정수아가 고개를 갸웃거렸다.

"……네?"

"내가 너보다 훨씬 빠를 테니까, 네가 먼저 저만치 앞으로 뛰어가라고."

"아…… 어…… 음…… 네."

정수아는 뭐라고 말을 하려다가, 포기하고 머리를 끄덕거렸다. 그녀는 조금 주저하기는 했지만, 백현이 말한 대로 먼저 앞으로 뛰어갔다.

자신 없이 말하기는 했지만, 정수아의 달리는 속도는 굉장히 빨랐다.

백현은 벌써 저만치 앞으로 간 정수아의 등을 쳐다보다가 고개를 주억거렸다.

"그래도 솔직하네. 말한 것처럼 느리진 않잖아."

물론 백현이 보기에는 그 정도일 뿐이었다. 백현은 정수아의 속도를 어느 정도 본 뒤에, 땅을 박차고 순식간에 앞으로 뛰어나갔다. 얼마 지나지 않아 그는 정수아를 따라잡았다.

"헉!"

백현이 옆까지 오자, 정수아가 놀란 비명을 질렀다. 백현은 정수아의 속도에 맞춰 뛰면서 물었다.

"얼마나 더 가야 해?"

"그…… 그러니까, 앞으로 삼십 분쯤?"

"그래? 그 정도면 괜찮겠네."

한 시간 이상 뛰어야 하면 정수아를 아예 들고 뛰려고 했는데. 아무래도 그 정도까지는 하지 않아도 될 것 같았다.

정수아는 옆에서 느긋하게 뛰는 백현을 괴물 보듯 힐긋거리면서 내심 오기가 생겼다.

그만큼 속도를 높여보았지만, 그녀가 빨라져도 백현은 여유롭게 정수아의 속도에 맞췄다.

그녀는 이대로 가다가는 페이스가 흐트러지게 될 것 같아, 결국 포기하고서 무리하지 않을 정도의 속도를 유지했다.

'독이라.'

정수아가 내심 승부욕을 불태웠다가 삭혔지만, 백현은 그런 것은 신경 쓰지 않고 있었다.

지금 백현이 신경 쓰는 것은, 아까 정수아가 말한 '독'에 관한 것이었다.

'몬스터의 독은 나에게 통할까?'

백현이 굳이 정수아를 따라나선 것은 그게 궁금했기 때문이었다. 주한오의 기억에서 불러온 당가의 독이나 남만의 독은 버틸 수 있었다.

하지만 천하 이십 대 고수 중 하나였던 독왕(毒王)의 독은 끝끝내 버텨내지 못했었고, 그 당시 백현의 파천신화공은 4성이었다.

'환골탈태도 했으니까.'

사실 그것보다는 귀면주라는 놈의 독이 독왕의 극살독보다 대단한지부터 알아야 하겠지만.

천무성은 무(武)를 익히는 것에 어마어마한 자질을 주는 축복이지만, 안타깝게도 독에 대한 내성을 부여해 주지는 않았다.

물론 백현이 독공을 익히고자 했다면, 그가 가진 천무성의 자질은 독공조차도 눈부신 성취를 보이게 해주었을 것이다. 하지만 그가 익힌 무공은 파천신화공뿐이었다.

'이럴 때 보면 오히려 음양화신이 더 좋아 보인단 말이지.'

문득 도원경에서 수행 중일 사라가 떠올랐다. 태어났을 때부터 몸에 극음의 기운과 극양의 기운을 동시에 품고 있는 음양화신.

백현이 수행 중에 당가의 독에 중독되어 칠공에서 피를 뿜으며 골골거릴 때, 스승인 주한오가 말했었다.

음양화신에게는 대부분의 독이 통하지 않는다.

중독된 순간, 체내에 품은 극음과 극양의 기운이 독기를 알아서 몰아내 버리기 때문이라고 했다.

태어났을 때부터 어마어마한 내공에 그런 옵션까지.

무에 대한 자질은 옵션으로 안 붙었다지만, 비교해 보면 이런저런 옵션 쪽에서는 음양화신 쪽이 더 나아 보였다.

사람 마음이라는 것이 본래 자기 떡보다 남의 떡이 더 크게 느껴진다던데, 지금 백현의 생각이 딱 그랬다.

'잘 지내려나?'

도원경과 현실은 흐르는 시간이 다르다. 이곳에서는 5년이 흘렀을 뿐이었지만, 도원경에서 백현이 보낸 시간은 20년이었다. 이곳의 1년이 도원경에서는 4년이란 말이다.

백현은 쩝- 하고 입맛을 다셨다. 이래저래 정이 든 것은 사실이라, 사라가 보고 싶었다.

'진짜 올까?'

수행 중에 사라가 마음이 바뀌어 고향으로 돌아갈 수도 있기는 했지만, 꼭 만나러 가겠다고 훌쩍거리던 마지막 얼굴을 떠올리니 괜스레 마음이 뭉클해졌다.

"무슨 생각해요?"

"옛날 생각."

정수아가 백현을 힐긋 보면서 물었다. 백현은 그렇게 대답해 주면서 앞을 보았다.

정수아는 자기 페이스를 조절하면서 속도를 떨어뜨리지 않고 달리고 있었다.

독, 독이라.

백현은 새카만 타이즈로 전신을 감싼 정수아를 보면서 독에 중독되어 개고생을 하던 때를 떠올렸다.

흔히 독공(毒功)은 암수라고 해서 비겁하다 하지만, 백현의 스승인 주한오는 그런 식의 가르침을 내리지는 않았다.

칼을 쓰든 주먹을 쓰든 결국에는 쓰는 놈의 마음이자 선택인 것이고, 독 역시 쓰고자 한 놈이 선택한 엄연한 무기이며 수단이기 때문이었다.

때문에 백현도 암기나 은신술 따위를 비겁한 것이라 생각하지는 않았다.

하지만 그와는 별개로, 독공이 상대하기 까다로운 것은 사실이다. 독공을 제대로 상대하기 위해서는 우선 독에 대해 알아야 한다.

상대가 무슨 독을 쓰는가. 그 독이 어떤 효과를 가지고 있는가. 그것을 제대로 알고, 해독제를 준비하고······.

사실 가장 올바른 답은 애초부터 독에 중독되지 않는 것이지만, 세상일이라는 것이 그렇게 마음처럼 되는 것은 아니다. 그러니 차선으로, 독에 대한 내성을 키운다.

주한오 역시 독공을 익히지 않았기에, 백현이 도원경에서 싸웠던 독공의 고수는 모두 주한오의 기억 속의 인물들이었다.

스승인 주한오는 적이 많은 인물이었다. 당가의 가주 암령(暗令) 당기철과 당가의 정예 중의 정예로 이루어진 일곱 명의 칠두독사(七頭毒蛇), 남만의 독곡주(毒谷主). 그리고 그들조차도 우습게 여겼던 이십 대 고수 중 하나, 독왕(毒王) 서우. 그 많은 독공의 고수들 모두와 싸워본 경험이 있었고, 덕분에 백현도 그들 모두와 싸워보았다.

사실 그들이 어떤 성격의 인물이었는지는 잘 모르겠다. 그들과 백현이 대화를 나누었던 것은 사실이지만, 백현이 겪은 그들은 주한오의 기억을 토대로 하여 도원경의 신비로 만들어진 인물들이었다.

개인사 따위는 모른다. 앞뒤 없는 무조건적인 적의. 자비 없는 손속. 그런 이들을 상대로 스승이 대체 어떻게 살아남았는지 경외감이 들 정도였다.

그런 생각을 할 정도로, 그들의 독은 대단했다. 도원경에서의 20년. 참 다양한 아픔이 있었고, 다양한 패배가 있었지만…… 그중 가장 끔찍했던 아픔은 당연히 독이었다.

그들은 과거의 스승도 아니었고, 백현에게 우호적인 조력자도 아니었다. 무조건적인 적이었기에 독에 대한 대처나 요령을 알려주지 않았다.

주한오도 해독제를 만드는 법 따위는 알려주지 못했다.

그냥, 많이 겪어보고 내성을 키운다. 무식하기 짝이 없지만, 죽지 않는 도원경에서는 가능한 방법이기도 했다.

성과는 있었다. 돌아버릴 정도로 고통스러웠지만 당가의 독과 남만의 독은 극복할 수 있었다.

하지만 독왕의 극살독을 극복하지는 못했다. 결국 독왕을 죽이기는 했지만, 독왕이 극살독을 펼치기 전에 독왕을 죽일 수 있었던 것뿐이었다.

주한오조차도 그것이 해답이라고 말했을 정도였다.

그 당시의 백현으로서는 극살독의 극복은 불가능했다.

만독불침은 허상입니까?

모른다.

왜 모르세요?

무형지독을 겪어본 적이 없기 때문이다.

무형지독?

형태도, 냄새도 없는 독. 검을 휘두르지 않고도 상대를 벨 수 있는 것이 심검이라면, 무형지독은 의지만으로 상대를 중독시킨다는…… 독공을 수행하는 독인들이 말하는 독공의 극의란다.

개뻥 아닙니까?

심검도 있는데 무형지독도 있을 수 있지. 무림에서 무형지독에 가장 가까운 것은 독왕이었으나, 독왕은 무형지독을 완성하기 전에 본좌에게 죽었다. 그러니 본좌는 만독불침인지 아닌지 확인할 수 없구나.

주한오는 그렇게 말하며 내심 아쉬워하곤 했었다. 백현은 여전히 무형지독이라는 경지가 실존한다고 생각할 수는 없었다.

독왕의 극살독도 끔찍했는데, 의지만으로 중독시키는 독이라는 것은 너무하지 않은가.

"저기예요."

지도를 확인하던 정수아가 걸음을 멈추었다. 그녀가 가리킨 곳에는 까마득한 절벽이 있었는데, 그 절벽에는 커다란 구멍들이 가득했다.

그건 구멍 안에 꺼림칙한 것들이 똬리를 틀고 있음이 틀림없을 정도로 척 보기에 수상쩍은 곳이었다.

"그럼 어느 곳으로……."

정수아가 많은 구멍을 두고서 고민할 때.

"……음."

백현은 콧잔등을 살짝 찡그렸다. 그런 백현을 보며 정수아가 고개를 갸웃거렸다.

"왜 그러세요?"

"냄새."

백현의 중얼거림에 정수아는 흠칫 놀라 자신의 팔에 대고 킁킁 냄새를 맡았다.

"그, 그게. 이게 가죽이라서…… 어…… 통풍은 잘 되는데……"

"아니, 너 말고. 저 안에서 냄새가 나."

"네?"

"피 냄새."

백현의 얼굴이 구겨졌다. 그는 절벽에서 가장 높은 곳의 구멍을 가리켰다.

"저기야. 꽤 많은데…… 인기척은 없어. 냄새를 보니 죽은 지 그리 오래 지나지는 않은 것 같고."

"아……"

정수아가 말뜻을 알아듣고 작은 한숨을 내쉬었다.

"……아무래도 다른 헌터들이 귀면주의 둥지에 들어갔었나 봐요. 저렇게 헌터들이 죽는 것이 드문 일은 아니지만……"

"그렇겠지."

백현은 쩝- 하고 입맛을 다시며 중얼거렸다.

이럴 때면 이곳이 도원경이 아니라는 것을 제대로 실감하곤

한다. 그곳에는 아무리 죽어도 진짜로 죽는 일이 없었다. 하지만 바깥도, 어비스도. 죽으면 그것으로 끝이다.

생각해 보면, 시체를 보는 것은 이번이 처음이었다. 어비스 출입소에서야 누가 죽을 틈도 없이 백현이 몬스터를 정리해 버렸고, 어비스에 들어와서도 이곳까지 쭉 달려오느라 몬스터의 영역에서 오랜 시간을 체류하지 않았었다.

"오빠, 괜찮아요?"

백현의 표정이 굳은 것을 본 정수아가 걱정스러운 얼굴로 물었다.

백현은 그녀의 목소리를 들으며, 손을 들어 자신의 얼굴을 더듬어 보았다. 자기 피부인데 이상하게 만지는 것이 어색했다.

백현은 피식 웃었다.

"괜찮아."

백현은 그렇게 대답해 주고서 정수아를 힐긋 보았다.

"아무 데나 가도 되는 거면, 저기로 가자."

"네?"

"어차피 귀면주 잡으러 온 거잖아. 기왕이면 저곳으로 가자고."

백현은 그렇게 말하면서 훌쩍 뛰어올라 암굴 안으로 들어갔다.

[재생의 뱀이 난감해합니다.]

정수아의 머릿속에 그런 목소리가 들렸다. 그녀가 흠칫 놀라자, 연이어 목소리가 들렸다.

[재생의 뱀이 고민합니다.]
[재생의 뱀이 당신을 시험하고자 합니다.]

'시험……?'

그 말에 정수아의 어깨가 움찔 떨렸다. 그녀는 즉시 백현의 뒤를 따라 도약해, 백현이 들어간 암굴 속으로 들어갔다.

가장 먼저 본 것은 처참하게 찢긴 외국인의 시체였다. 단단한 갑옷을 입고 있었지만, 그 갑옷은 귀면주의 공격에서 몸을 보호해 주지 못했다.

"길드네요……."

"아는 길드야?"

"아뇨…… 모르는 길드예요."

정수아가 쓰게 웃으며 대답했다. 그럴 만도 했다. 헌터가 너무 많은 것처럼, 길드도 너무 많다. 애초에 길드라는 것은 처음 어비스에 들어온 헌터들이 생존율을 높이기 위해서, MMORPG의 파티 플레이처럼 마음 맞고 손 맞는 이들끼리 서로 모인 것이 시작이다.

"아마 여기가 귀면주의 둥지인 줄 모르고 온 것 같아요."

"부주의했다는 거네."

"그렇죠…… 안타깝지만 어비스에서는 이렇게 죽는 헌터들이 굉장히 많아요."

"어비스에서 죽은 헌터들은 어떻게 돼?"

"무슨 말이에요?"

"이 사람들도 가족이 있을 것 아니야."

"……시체가 발견된다면 신고하는 것이 관행이긴 해요. 팔찌를 수거해서 관리국에 가져다주면, 그쪽에서 알아서 처리해주죠. 시체가 발견되지 못하면…… 일단 팔찌를 통해 어비스에서 나오지 않았다고 신고 되어서…… 시간이 지나면 행방불명, 사망처리. 이렇게 되죠."

"가족에게 보상 같은 것은 안 돌아가지?"

"……네."

그렇겠지.

백현은 쓰게 웃었다. 어비스에는 누구나 들어올 수 있고, 게이트만 찾는다면 누구나 나갈 수 있다.

굳이 들어와서 목숨을 걸고 몬스터를 잡는 것은 저들의 선택이다. 백현은 시체에 다가가 널브러진 팔의 잔해를 들어 올렸다.

거기서 팔찌를 빼다가 바지 주머니에 쑤셔 넣었다.

2

"가자."

"네."

정수아는 백현의 분위기가 바뀌었음을 느꼈다. 조금이지만 숨을 쉬는 것이 힘들었다. 그녀는 심호흡을 하며 앞서 걷는 백현의 뒤를 따랐다.

앞으로 걸을수록 시체는 많아졌다. 아무래도 입구 근처의 시체는 도망치기 직전에 실패해 죽음을 맞은 듯했다.

굴은 길고, 어둠은 깊었다. 앞으로 나아갈수록 시체는 본래의 형태를 알 수가 없을 정도의 처참한 모습으로 백현과 정수아를 맞이해 주었다.

불빛 없는 어둠이었지만 백현도, 정수아도 주변을 보는 것에 큰 무리가 없었다.

"이상해요."

돌변한 백현의 분위기 덕에 줄곧 침묵하고 있던 정수아가 중얼거렸다.

"귀면주는 시체를 거미집으로 가져가 천천히 잡아먹는데…… 다들, 그냥 죽어 버렸잖아요. 먹지도 못할 만큼 찢어놓고, 독으로 녹여 버리고."

"배가 불렀나 봐."

"그런 것치고는 너무 이상한데…… 여기까지 왔는데 귀면주가 한 마리도 없잖아요."

"왔어."

정수아의 말이 끝나기 전에, 백현이 중얼거렸다. 그는 이미 암굴 안쪽의 기척을 느끼고 있었다.

'바글거리는', 인간 아닌 것들의 기척들. 그건 혐오스러운 감각이었다. 분명 보았지만, 놓쳐버린 바퀴벌레가 어딘가에 있는 것만 같아서. 보면 꼭 죽여 버리고 싶은.

키엑!

굴의 천장을 빠른 속도로 기어온 것은, 그 이름대로 귀신의 얼굴을 한 거대한 거미였다.

사실 놈은 '거미'보다는, 벌러덩 누워서 팔다리로 엉금엉금 기는 귀신의 모습이었다.

지저분한 산발 머리를 아래로 늘어뜨리고, 얼굴 한복판에는 여덟 개의 붉은 눈을 빛내면서, 기괴하게 꺾인 길쭉한 여덟 개의 팔다리를 가진 알몸의 여자. 백현은 놈이 움직일 때마다 덜렁거리는 가슴을 보며 혀를 찼다.

"뭐 좀 시험해 볼게."

"네?"

정수아가 되물었다. 귀면주는 선두에 멈춰 선 백현을 노리고 천장에서 뛰어내렸다.

놈의 긴 팔이 채찍처럼 휘둘러져 백현의 몸을 때렸다. 그 매서운 속도와 날카로운 손톱.

백현은 이곳까지 오면서 보았던, '찢겨 죽은' 시체들을 떠올렸다.

"이거 말고."

백현은 그렇게 중얼거리면서 대충 손을 휘둘렀다.

빠각.

둔탁한 소리가 났다.

백현을 공격했던 귀면주의 두 팔이 부러지고, 뜯겨서.

투닥.

벽에 부딪히는 소리였다.

"꼐엑!"

"독."

백현은 나뒹구는 귀면주를 향해 다가갔다. 정수아는 그런 백현을 멍한 얼굴로 바라보았다.

'방금 뭐야?'

백현이 뭘 했는지 잘 모르겠다. 팔을…… 휘둘렀나? 주변을 나는 모기를 쫓는 것처럼……. 정수아가 보기에는 그랬다. 단지 너무 빨랐을 뿐이지.

"독을 뿜어, 독을."

백현은 투덜거리면서 귀면주의 앞에 섰다. 양팔이 뜯겨 날아갔지만, 놈에게는 아직 여섯 개의 팔인지 다리인지가 남아 있었다.

놈이 비틀거리며 일어서려 하자, 백현은 보란 듯이 검지를
들어 올렸다. 그의 손끝에 검은빛이 맺혔다.

"그거 하지 말고."

백현이 손끝을 튕겼다.

퍼버벅!

맺혔던 검은빛이 폭사하며 귀면주의 여섯 개의 팔다리를 모
조리 끊어버렸다. 귀면주가 비명을 지르며 몸을 흔들었다.

"독을……."

끝까지 말할 필요도 없었다.

크학!

귀면주가 입을 크게 벌리더니 찐득한 녹색의 진액을 내뿜었다.

"오빠!"

정수아가 비명을 질렀다. 백현은 피하지 않고서 오히려 정면
으로 걸어갔다. 양팔을 활짝 벌리고 호신강기조차도 일으키지
않았다.

푸확!

백현의 몸이 귀면주가 내뿜은 독을 뒤집어썼다. 그가 입고
있는 반팔 옷이 빠르게 녹아내렸다.

"……음."

상의가 녹는 것은 그러려니 했지만, 바지가 녹게 둘 수는 없
었다. 이곳에 혼자 왔다면 모를까, 정수아가 보는 앞에서 나신

이 되고 싶지는 않았다.

백현은 급히 호신강기를 일으켜 하반신을 보호했다. 상의를 녹인 독이 피부에 달라붙었다. 피부가 물파스를 바른 것처럼 조금 따끔거렸다.

그것이 끝이었다. 백현은 조금 실망을 느끼고서 상반신에 묻은 독을 손으로 털어냈다.

사실 이 정도 독이면 무림 어디에서도 꿀릴 정도는 아니었지만, 독왕의 극살독을 상상했던 백현으로서는 영 성에 차지 않았다.

"별로네."

혹시나 해서 손끝에 묻은 독을 입에 넣고 쭙 빨아보았다. 그걸 보며 정수아는 또 비명을 질렀지만, 백현으로서는 그냥 입안이 조금 아릴 뿐이었다.

이 정도 독이라면 내공으로 몰아낼 것도 없다. 백현은 입안에 남은 독기를 우물거리다가, 켁켁 거리면서 기침을 하는 귀면주의 면상을 향해 입술을 오므렸다.

"퉤!"

길게 뱉은 독기 섞인 침이 귀면주의 안면을 꿰뚫었다. 놈은 비명도 지르지 못하고 그대로 죽어버렸다. 정수아는 할 말을 잃고서 백현을 바라보았다.

"이다음부터는 네가 잡아도 되겠다."

백현은 그렇게 대답하면서 몸에 묻은 독기를 마저 털어냈다.

"그리고, 저 안에 애보다 좀 센 놈이 있거든? 걔 독도 내가 먼저 좀 맞아볼게. 괜찮아?"

"어…… 어어…… 오빠…… 괜찮아요?"

"뭐가?"

"그…… 독, 독이요."

"괜찮아."

"맞았잖…… 아…… 아니, 먹었잖아요……."

"맛은 없더라."

정수아는 눈살을 찡그리는 백현을 보며, 도대체 무슨 대답을 해야 할지 알 수가 없었다.

그러다가 퍼뜩 드는 생각에 흠칫 놀랐다.

"안에 더 센 몬스터가 있다고요?"

"응."

"여왕!"

정수아가 고함을 질렀다.

"아마, 아마 여왕일 거예요. 귀면주의 여왕!"

"여왕?"

"네! 어쩐지, 왜 헌터들의 시체를 거미집으로 옮기지도 않고 내버려 뒀나 했더니……!"

정수아가 잔뜩 흥분한 얼굴로 말했다.

"여왕이 후계자를 낳으려는 거예요! 여왕은 산란의 때에 잔뜩 배를 채워두고서, 산란이 임박하면 아무것도 먹지 않아요. 그리고 여왕을 따르는 귀면주들도 함께 아무것도 먹지 않죠. 그러니까……."

"굶으면 자기만 굶을 것이지, 왜 부하들까지 굶기고 난리야?"

"……자기는 굶고 있는데 부하들이 배가 부른 게 보기 싫어서 그러는 것 아닐까요?"

"성격 참 더럽네. 그런데, 그게 그렇게 기뻐할 일이야?"

"네!"

정수아가 크게 머리를 끄덕거렸다.

"여왕의 독이 가장 강력해지는 때거든요!"

'아아, 재생의 뱀이여. 당신은 그것을 위해 나를 이곳에 보내셨군요……!'

[재생의 뱀이 난감해합니다.]

정수아가 모시는 군주에게 찬사를 보낼 때, 백현은 굴의 안쪽을 들여다보면서 눈을 빛냈다.

"너 주기 전에 내가 맞아봐도 되지?"

백현은 반바지를 배꼽까지 올렸다.

'오늘 입은 팬티가 뭐더라?'

만약에 바지가 녹는 일이 있어도, 반드시 팬티는 사수하겠다는 각오를 세우면서.

2장
삼각

백현은 귀면주들이 몰려오는 것을 느꼈고, 그것에 대해 정수아에게 일러주었다. 그러자 정수아는 고개를 끄덕거리며 백현을 지나쳐 앞으로 나섰다.

　"이제는 제가 할게요."

　"응."

　"그런데 오빠, 옷 없어요?"

　정수아가 안 그러는 척하면서 백현의 상체를 힐긋거렸다. 맨몸으로 몬스터를 사냥하는 이상, 헌터의 몸은 어지간한 스포츠 선수보다 훌륭할 수밖에 없다.

　덕분에 얼굴만 좀 받쳐준다면 아이돌이나 배우처럼 인기가 많아지는 것은 어쩔 수 없는 수순이었다. 사실 그건 정수아도 마찬가지였다.

'와…… 무슨 몸이……'

그녀 자신의 몸이 워낙 훌륭하기도 했고, 대부분 헌터들의 몸도 훌륭한 덕에 정수아의 기준은 무척이나 높았지만. 그럼에도 힐긋거리게 된다.

군살 하나 없는 것은 당연했고, 오직 하나의 목적으로 단련된 몸은 보는 것만으로 감탄이 나오기에 충분했다.

[재생의 뱀이 당신의 생각에 동의합니다.]

정수아는 머릿속에 들리는 목소리에 놀라 낮게 헛기침을 했다. 이런 식으로 재생의 뱀이 많은 의견을 보이는 일은 이번이 처음이었다.

재생의 뱀은 눈이 높고 까다로운 군주라, 전 세계에서도 재생의 뱀과 계약한 헌터가 많지 않았다.

'신기하네……'

그만큼 오빠에게 관심을 보이는 건가? 정수아는 가슴을 툭툭 터는 백현을 힐긋힐긋 보았다.

그의 손바닥이 가슴 근육을 스칠 때마다 작게 짝, 짝하는 소리가 났다. 미세하게 떨리는 가슴 근육을 보며 정수아는 꼴깍 침을 삼켰다.

"없어. 사지도 않았고."

"……음…… 으흠. 그, 그래요. 그러면 어쩔 수 없죠."

정수아는 내심 그것이 다행이라고 생각했다. 그녀의 눈은 백현의 가슴에서 천천히 아래로 내려갔다. 울룩불룩하고, 선명하게 갈라지고…… 꿀꺽. 털 한 오라기 없는 복근을 보고 있자니, 가슴이 민망할 정도로 두근거렸다.

"키엑!"

그리고 귀면주들의 무리가 도착했다. 정수아는 터져 나오는 욕설을 꿀꺽 삼켰다. 모순적이지만 다행이라는 생각을 하기도 했다.

[재생의 뱀이 아쉬워합니다.]

"……으흠."

정수아는 낮게 헛기침을 하면서 앞으로 성큼성큼 나아갔다. 그녀의 양손을 선명한 녹색빛이 휘감았다.

그녀가 앞으로 나서고, 백현은 조금 뒤로 물러섰다. 좁은 통로를 정수아가 가로막자, 천장을 타고 달리던 귀면주들이 후두둑 떨어져 정수아를 덮쳤다.

여왕 덕에 강제로 금식에 동참하게 된 까닭인지, 귀면주들은 흉포하기 짝이 없었다.

놈들은 피아를 가리지 않고 마구잡이로 팔다리를 휘두르며

꺽꺽- 소리를 질렀다.

정수아는 그런 귀면주들을 향해 양손을 들어 올렸다.

파스스스······.

정수아의 양손에서 녹색빛이 쭈욱 뿜어져 나갔다. 그것은 백현이 다루는 강기처럼 난폭하고 파괴적이지는 않았다.

"오."

하지만 볼 만한 기예였다. 정수아로부터 뻗어 나간 빛과 충돌한 귀면주들은, 닿는 순간 겉부터 빠르게 녹아내렸다.

정수아는 백현이 등 뒤에서 낸 자그마한 탄성 소리에 만족감을 느끼면서 조금 더 앞으로 나아갔다. 그녀는 양손을 휘둘렀고, 그에 따라 빛줄기가 휘어지며 허공을 수놓았다. 수십 마리의 귀면주들이 전멸하는 것에는 그리 오랜 시간이 걸리지 않았다.

"우와."

정수아는 어깨가 으쓱여지는 것을 참고, 아무렇지도 않은 표정을 가장하며 고개를 돌렸다.

하지만, 정수아의 표정 연기는 그리 능숙하지 않았다.

백현은 입꼬리가 미묘하게 씰룩거리는 정수아의 표정을 물끄러미 보다가, 일단은 고개를 끄덕거렸다.

"너 세구나."

"조금은요."

너무 오만하지 않을 정도로 적당하게, 정수아는 그것을 의식하며 대답했다.

　하지만 칭찬은 곰조차도 춤을 추게 하는 법이다. 백현은 치켜져 올라가는 정수아의 입꼬리를 의식적으로 보지 않으려, 그녀의 등 뒤로 눈을 돌렸다.

　"그런데. 귀면주의 독이 필요하다는 것 아니었어?"

　"여왕의 독이면 충분해요."

　귀면주들은 독조차 내뿜지 못했고, 시체도 남지 않았다.

　"가죠!"

　칭찬을 들어서 기분이 들뜬 것인지, 정수아가 명랑한 목소리로 말했다. 백현은 다시 앞장서서 걷는 정수아의 등을 반짝거리는 눈으로 바라보았다.

　백현의 관심사는 당연히 정수아가 다루는 독이었다.

　그녀의 독은 체내에서 생성해 내는 것일까. 저 독 역시 재생의 뱀의 권능일 텐데, 저 독의 위력은 과연 어느 정도일까.

　'독왕의 극살독보다 강하겠지?'

　그렇게 생각하니 가슴이 두근거렸다. 그 사실이 전신을 검은 타이즈로 감싸고 있는 정수아와 어두컴컴한 암굴에 단둘이 있다는 것보다 훨씬 더 백현의 가슴을 두근거리게 만들었다. 당장 보기에도 아까 맞아본 귀면주의 독보다 강력해 보였다.

　우선 귀면주 여왕의 독을 겪어보고, 그다음에 정수아의 독도 겪어보자.

백현은 그렇게 마음을 정했다.

만약 견디지 못한다면? 독을 이겨내지 못해서 몸이 녹아버리다면……

'안 되겠다 싶으면 내공을 써야지.'

녹기 전에 빠져나오면 된다. 대수롭지 않은 생각이었다.

암굴의 끝에 가까워질수록 귀면주들이 많아졌고, 어느 순간부터는 놈들의 모습이 보이지 않았다.

하지만 이 둥지의 귀면주들이 여왕을 빼고 전멸한 것은 아니었다. 깊은 곳으로 이어진 암굴의 끝. 촘촘히 만들어진 커다란 거미집에 거대한 귀면주 한 마리가 느슨한 자세로 누워 있었다.

놈은 척 보기에도 다른 귀면주들과는 격이 달라 보였다. 놈을 올려 보는 백현의 입꼬리가 씰룩거리며 올라갔다. 대충 살펴보기에도 토벌전에서 보았던 보스 몬스터보다 강하다는 것이 백현을 즐겁게 만들었다.

"역시 여왕이에요."

정수아가 꿀꺽 침을 삼키며 말했다.

여왕의 아래에는 수십 마리가 넘는 귀면주들이 득실거리고 있었다. 놈들은 키엑거리는 소리를 내고 팔다리를 휘저으며 위협했다.

백현은 정수아를 힐끗 보았다.

"어떻게 할래?"

"네?"

"네가 힘들면 쟤들 내가 다 잡아줄게."

"……아니에요, 괜찮아요. 제가 다 할 수 있어요."

백현은 나름대로 정수아를 배려해서 한 말이었지만, 정수
아는 고집스러운 표정을 지으며 직접 앞으로 나섰다.

정수아가 앞으로 나서자, 귀면주의 여왕이 거미집 위에서
천천히 몸을 움직이기 시작했다.

"너희는 무엇이냐?"

여왕이 입을 열어 물었다. 백현은 소스라치게 놀랐다. 저 징
글맞은 괴물이 말을 걸어올 것이라고는 생각지도 못했기 때문
이다. 정수아도 놀란 것은 마찬가지였지만, 곧이어 진정할 수
있었다.

어비스의 괴물이라고 해서 모두 의사소통이 불가능한 것은
아니다. 단지 모두가 인간을 먹잇감으로 여길 뿐이다.

"헌터."

"그건 당연한 것이고."

정수아의 짧막한 대답에 여왕이 느린 말투로 중얼거렸다.
그녀는 계속 거미집 위에서 움직이며 정수아를 직시했다.

"인간아. 너에게서 뱀 비린내가 나는구나. 그 괴물이 나를

사냥하라 시키었느냐?"

여왕의 이죽거림에 정수아의 눈썹이 꿈틀거렸다. 정수아가 대답하지 않자, 여왕이 끅끅거리며 웃었다.

"모든 것을 집어삼켜 뱃속에 녹여 먹는, 그 괴물이 너를 꽤 어여뻐 여기는 모양이구나…… *끄끄*……. 그것은 꽤나 진귀한 일이지."

여왕이 가진 여덟 개의 눈이 진한 보랏빛으로 물들었다.

"하지만 네가 과연 나를 사냥할 수 있을까. 조금 이상하구나…… 너는 그 괴물이 나를 죽이기 위해 보낸 사냥꾼치고는 자격이 부족해 보이는데…… 아니면 그 괴물이 나로 하여금 너를 시험하고자 하는 것인가?"

재생의 뱀이 당신을 시험하고자 합니다. 정수아는 암굴에 들어오기 전에 들었던 목소리를 떠올렸다.

그녀는 아랫입술을 잘근 씹었다. 사실 어느 정도 짐작은 했다. 애당초 재생의 뱀이 그녀에게 시키려 했던 일은 저 여왕을 사냥하는 것이 아니라, 단순히 귀면주의 독을 얻으라는 것이었다.

만약 백현과 만나지 않았더라면, 정수아는 절벽 위의 암굴보다는 가까운 암굴로 들어가서 귀면주 몇 마리를 죽이고 필요한 독을 얻었을 것이다.

'단순한 여왕과는 달라…….'

귀면주의 여왕은 여태까지 몇 번이나 그 개체가 확인된 몬스터다. 하지만 대화가 가능할 정도로 고등하고 강력한 개체는 확인된 적이 없었다.

"끄끄…… 상관없는 일이지…… 인간아. 네가 나를 사냥하지 못한다면, 네가 나에게 사냥될 뿐이란다…… 그에 대해서는 네가 모시는 오랜 괴물도 불만을 가질 수 없겠지……. 나는 그 괴물의 의중이 참 궁금하구나…… 설마 그 괴물이 나를 두려워한 것인가? 내 존재가 두려워, 더는 방치하고 싶지 않아 부족한 너를 사냥꾼으로 보내었는가?"

[재생의 뱀이 같잖다 여깁니다.]

정수아는 더 이상 여왕의 말을 듣지 않았다. 백현을 따라 들어온 것이라곤 하지만, 결국 이곳에 오는 것을 선택한 것은 정수아 자신이었다.

그녀는 크게 숨을 들이켜면서 독기를 일으켰다.

푸확!

여태까지 귀면주를 상대했을 때와는 비교도 안 될 진한 독기가 정수아의 전신을 휘감았다.

"오빠, 위험하니 뒤로……."

그렇게 말하려다가, 정수아는 자신이 괜한 말을 하는 것임을 깨닫고 말을 도중에 멈췄다. 그때. 귀면주의 여왕이 처음으로 백현을 보았다.

"……한데…… 너는 무엇이냐?"

"나 안 보이는 줄 알았네."

백현은 귀면주의 여왕이 자신을 보자 환한 미소를 지었다. 왠지 모르게 무게를 잡는 분위기가 끼어들기도 뭐해서 암전히 있었는데, 여왕이 말을 걸어주니 내심 기뻤다.

"너는 참 이질적이구나…… 알 수가 없어. 너에게는 그 어떤 냄새도 나지 않는다……."

"체취가 없다는 건 칭찬인가?"

백현은 작은 목소리로 중얼거리며 고개를 갸웃거렸다.

"너는 어떤 괴물을 섬기고 있느냐……? 왜 너에게는 섬기는 괴물의 냄새가 풍기지 않는 것이지?"

"난 아무도 안 섬겨."

백현은 그렇게 대답해 주면서 씩 웃었다. 그 말에 여왕이 여덟 개의 눈동자를 끔벅거렸다.

그리고 정수아가 움직였다. 그녀는 주저 없이 귀면주들을 향해 뛰어들었다. 그녀가 양손을 펼치자 넓게 뿜어진 독기가 사방을 휩쓸었다. 정수아가 가장 날뛸 수 있는 상황이 바로 지금 같은 상황이었다.

주변을 신경 쓰지 않아도 될 때. 그녀가 사용하는 독은 피아를 구별하지 않는다. 닿는 것을 모조리 중독시키고 녹여 버릴 뿐이다.

수십 마리의 귀면주가 정수아 하나에게 몰살당하는 것에는 그리 오랜 시간이 걸리지 않았다.

하지만 여왕은 자신의 자식들이 정수아에게 마구잡이로 죽어나가는 중에도 움직이지 않았다.

느긋하게 거미집 위를 움직이면서 아래를 내려 볼 뿐이었다. 조무래기를 모두 몰살시킨 정수아가 공중의 거미집을 향해 독기를 내뿜었다.

그제서야 여왕이 반응을 보였다. 여왕은 한 손을 들어 앞으로 뻗었다.

푸확!

그녀의 손에서 뻗어진 거미줄이 활짝 펼쳐져 정수아의 독기를 가로막았다. 독기가 막히는 것을 본 순간, 정수아는 즉시 땅을 박차고 위로 뛰어올랐다.

여왕은 느긋한 얼굴로 정수아의 움직임을 보았다.

파르르르!

거미집을 이루고 있는 거미줄들이 진동했다. 풀려나온 수백 개의 거미줄이 매서운 돌풍이 되어 정수아를 덮쳤다.

정수아의 몸을 감싸고 있는 독기가 부풀어 올랐다.

푸확!

폭발한 독기가 날카로운 거미줄을 모조리 녹여 버렸다.

"끄끄끄!"

여왕이 쇠를 긁는 것 같은 웃음소리를 흘렸다. 여왕의 여덟 팔이 진한 보라색으로 물들었다. 그러자 그녀가 올라탄 거미줄이 똑같은 색으로 변했다.

"조심해."

구경하고 있던 백현이 정수아를 향해 외쳤다. 공중에서 떨어지던 정수아는 살짝 머리를 끄덕거리면서 자신의 독기를 더욱 진하게 빛냈다.

보라색으로 물든 거미줄끼리 엮였다. 얇은 실이 칭칭 감겨 굵은 선이 되었고, 여왕의 손짓에 따라 채찍처럼 정수아를 공격했다.

그에 맞서 정수아는 자신의 독기를 길게 늘였다. 그 모습은 백현이 도원경에서 보았던, 독공 고수들이 사용하는 독강(毒 剛)과 같았다.

꽈아앙!

정수아의 독강과 여왕의 거미줄이 허공에서 부딪쳤다. 정수아의 독강에서 독기의 파편이 튀어 올랐다.

비산해 떨어진 독기가 지면을 녹이고 악취를 내뿜었다. 그것은 평범한 인간이라면 호흡하는 것만으로도 중독되어 죽음에 이를 맹독이었다.

'강해……!'

정수아는 아랫입술을 잘근 씹었다. 귀면주 여왕 중에 이렇게 강력한 개체가 있었다니! 이 정도로 강력한 몬스터는 어비스 전역에서 흔하지 않다.

"하찮구나……."

여왕이 중얼거렸다. 그리고, 여왕의 몸이 크게 들썩거렸다. 그녀의 하얀 배가 울룩불룩하더니, 부욱 찢어졌다.

찢어진 배에서 시커먼 살덩어리가 튀어나왔다. 그것을 본 정수아의 두 눈이 부릅떠졌다. 역겨운 형태긴 했지만, 여왕의 배를 찢고 튀어나온 것은 '포신'의 형태를 하고 있었다.

쫘아앙!

응축된 독기가 포탄처럼 쏘아졌다. 정수아는 이를 악물고 독강을 집중해 앞으로 내뿜었다.

그녀의 독강과 여왕이 쏘아낸 독기가 충돌했다. 정수아는 양팔이 으스러지는 것 같은 통증과 몸이 뒤로 밀려나는 것을 느꼈다.

"끄끄끄."

여왕이 비웃음을 보냈다.

[재생의 뱀이 혀를 찹니다.]

[재생의 뱀이 너무 일렀음에 안타까움을 느낍니다.]

포신에서 한 번 더 독기가 쏘아졌다. 버티고 있던 정수아의 얼굴이 일그러졌다.

백현은 바지춤을 양손으로 붙잡았다.

최대한 조심할 생각이기는 했지만, 혹시 모르는 일이었다. 호신강기로 하반신을 보호한다고 해도, 만에 하나라도 여왕의 독기가 생각보다 강하다면…… 호신강기를 뚫고 들어온 독기가 바지를 녹여 버릴 수도 있는 일 아닌가.

'그리고 오늘은 삼각팬티 입었어.'

남성 팬티는 종류가 다양하다. 삼각, 트렁크, 드로즈.

백현은 저 세 종류의 팬티 중 특정 종류를 유별나게 선호하지는 않았다. 그냥 어렸을 때부터, 시장에서 묶어 파는 팬티를 그때그때 사 입던 것이 몸에 밴 탓이었다.

차라리 트렁크라면 좀 나을지도 모르겠지만, 오늘 백현이 입은 것은 삼각팬티였다.

그것도 꽤 붙는 삼각팬티. 바지를 사수하지 못한다면 정수아의 앞에서 삼각팬티 하나만 달랑 입고 있게 될 텐데, 그럴 바에는 차라리 팬티까지 녹게 내버려 두는 것이 오히려 떳떳할 것 같았다. 애매하게 가리는 것보다는 아예 알몸이 되어버리는 것이 덜 에로틱할 것 같단 생각 때문이었다.

물론, 가장 좋은 것은 바지가 녹게 두지 않는 것이다.

찰나였다. 정말, 지극히 짧은 순간.

백현은 절대로 바지를 녹게 하지 않겠다는 각오를 세웠고, 호신강기를 일으켜 하반신을 보호했다.

아무것도 입지 않은 상반신은 그대로 두었다. 그리고 혹시 모르는 일이니 머리도 호신강기로 보호했다. 정수아에게 사타구니를 노출하는 것도 끔찍한 일이지만, 독기에 머리털이 모조리 녹아버리는 것은 더더욱 끔찍한 일이었다.

꽈아앙!

요란한 폭음과 함께 정수아의 몸이 뒤로 붕 날았다. 아찔한 통증 속에서 정수아는 의식을 붙잡았다. 그녀는 서로 충돌하고 얽힌 독기의 흉악한 색채 너머를 보았다.

정수아의 독기와 귀면주 여왕의 독기. 서로 혼합된 독기는 끔찍한 맹독이었지만, 백현은 맨몸으로 그것을 받아내고 있었다. 땅에 떨어지기 전. 정수아는 백현의 얼굴을 보았다.

그가 허리춤을 양손으로 붙잡은 엉거주춤한 자세로, 뒤를 돌아보고 있었기 때문이다. 시선이 마주친 순간에 백현은 정수아를 향해 씩 웃었다.

대체 뭐가 그렇게 즐거운 것일까?

정수아는 도저히 이해할 수가 없었다.

저런 독기를 맨몸으로 받아내면서 어떻게 웃을 수 있는 걸까. 자기 자신에 대한…… 완전한 믿음 때문인가? 아니면, 단순히 이런 상황이 즐거운 것일까?

'모르겠어……'

[재생의 뱀이 놀라워합니다.]
[재생의 뱀이 이 상황을 흥미롭게 여깁니다.]
[재생의 뱀이 저 인간의 힘을 보고자 합니다.]

꽤 쓰렸다.

호신강기 없이 맨몸으로 독기를 맞은 탓이다. 귀면주의 독이 물파스였다면 여왕의 독은 펄펄 끓는 물 같았다.

닿는 순간부터 피부가 화끈거렸다. 하지만 백현의 피부는 녹지 않았다. 호신강기로 보호되지 않아도 그의 피부는 단단하고 질겼다. 그러나 독기는 피부를 녹이지 않고, 백현의 체내로 침투했다.

아하.

백현은 히죽 웃었다.

땅에 떨어진 정수아가 신음을 흘리는 것이 보였다. 딱 적절한 타이밍에 끼어드는 것에 성공했다.

그 덕분에 정수아의 독기와 여왕의 독기, 그 둘이 서로 좋은 느낌으로 혼합된 것을 맛아볼 수 있었다.

'극살독보다 못하지 않아.'

그 사실이 백현을 기쁘게 만들었다. 그것은 놀라운 일이기도 했다. 극살독은 스승인 주한오가 살았던 무림에서, 독공 하나로 천하제일을 논하던 독왕이 다루던 독이다.

중원무림에서 그 누구도 해독하지 못하고 흉내 내지 못했던 극살독. 그것과 비슷한 수준의 독을, 어비스의 몬스터가 다루다니.

'그리고 맨몸으로 버티고 있어.'

파천신화공이 4성이었을 때. 독왕이 제대로 펼친 극살독을 맞으면 저항조차 하지 못하고 그대로 녹아버렸다.

아무리 독에 대한 내성을 높여보아도 녹는 속도를 조금 더디게 했을 뿐이지, 결국 녹아버리는 것은 피할 수가 없었다.

하지만 지금은 버틴다. 아니, 단순히 버티기만 하는 것이 아니다. 체내로 침투한 독은 백현의 장기를 녹이지 못했다.

굳이 하고자 할 필요도 없이, 단전에서 일어난 내공이 백현의 전신으로 퍼져나가 독기를 몰아냈다.

"이런 말도 안 되는……."

당황한 것은 귀면주의 여왕도 마찬가지였다. 그녀는 백현이 맨몸으로 독기를 받아내는 것을 보고 경악하여, 연이어 독탄을 쏴 갈겼다.

쾅, 꽈앙!

두 발의 독탄이 백현의 등짝에 맞아 폭발했다. 하지만 백현의 몸은 조금도 뒤로 밀려나지 않았다. 그만큼 독기는 강해졌고 피부가 화끈거렸지만, 딱 거기까지.

피부는 녹지 않았다. 장기가 상하지도 않았다. 극살독은 아니지만, 그와 비슷한 수준의 독. 여왕의 독은 백현의 몸을 파괴하지 못했다. 그것에 백현은 실로 오랜만에 만족스러운 웃음을 지을 수 있었다.

"너는 대체 무엇이냐?"

그렇게 묻는 여왕의 복소리에는 조금의 여유도 남아 있지 않았다. 백현은 잡고 있는 바지춤을 슬며시 놓았다.

고개를 돌려 어깨를 보니, 독기를 받아낸 어깨가 새빨갛게 물들어 있었다.

슬며시 손을 뻗어 어깨를 벅벅 문지르자 피부의 겉표면이 얇게 벗겨지고 반질거리는 피부가 드러났다.

"각질 제거하는 기분이네."

더도 말고 덜도 말고 딱 그런 느낌이었다. 백현의 야박한 평가에 여왕의 얼굴이 씰룩거렸다.

그녀의 배를 찢고 튀어나온 포신이 부들거리며 떨렸다.

꾸드드득!

듣기 거북한 소리와 함께 포신의 형태가 바뀌었다. 백현은 더 커진 포문을 보며 물었다.

"그러면 독이 더 강해지는 건가?"

2

"닥쳐라!"

여왕이 고함을 질렀다.

꽈아앙!

커다란 소리와 함께 독탄이 쏘아졌다. 소리가 요란하고 크기가 커지긴 했지만, 독기 자체는 강해지지 않았다.

그렇다면 굳이 맞을 것도 없었다. 백현은 오른손을 활짝 펴일장을 내질렀다.

빠앙!

무형의 장력이 독탄을 허공에서 꿰뚫었다. 독풍이 몰아쳤다. 장풍을 그대로 얻어맞은 여왕의 몸이 추풍낙엽처럼 흔들렸다.

여왕은 두 눈을 부릅뜨고서 팔을 휘저었다. 독기에 물든 거미줄이 일제히 백현을 향해 달려들었다.

그건 그리 재밌는 공격이 아니었다. 이미 정수아와의 싸움에서 써먹은 수단이었고, 백현에게는 그다지 위협이 되지도 않았기 때문이다.

백현은 장풍을 쏜 오른손을 내리고 왼손을 들어 느리게 움직였다. 손이 움직일 때마다 흐릿한 잔상이 만들어졌다.

그의 손은 아무것도 없는 허공을 쥐는 듯싶었지만, 서로 다른 방향에서 날아온 거미줄은 어느새 백현의 손아귀 안에 모조리 잡혀 있었다.

백현은 독기를 머금어 질긴 거미줄을 꽉 쥐었다.

츠츠츠……

그의 손을 뒤덮은 강기가 거미줄을 가닥가닥 끊어냈다.

"숨겨둔 한 수 같은 거 없어?"

백현은 여왕을 향해 물었다.

"아까 수아가 그러더라고. 여왕은 산란 직전에 아무것도 먹지 않는다고. 그런데…… 내가 보기에는, 네가 알을 낳으려고 하는 것 같지는 않거든."

그 말에 여왕은 아무런 말도 하지 않고 백현을 노려보았다. 여왕은 이 혼돈의 심연 속에서도 꽤 오랜 세월을 살아온 괴물이었지만, 이런 말도 안 되는 일은 처음이었다.

"너는 정말 인간인가?"

여왕은 떨림을 가다듬으며 물었다.

"나는…… 믿을 수가 없구나…… 네가 정말 인간이란 말인가……? 그 어떤 괴물…… 군주와도 계약하지 않은 인간이라고……? 어떻게 인간이, 군주와 계약하지도 않고 그런 힘을 가질 수 있는 것이지?"

"열심히 노력해서."

"말도 안 되는 일…… 말하라. 누가 네 배후에 있느냐……? 어떤 군주가 존재를 감추고 너에게 권능을 주었지……?"

"무신마 주한오."

백현은 씩 웃으며 대답했다. 여왕이 두 눈을 끔벅거렸다. 짧은 순간 그녀는 자신이 보고 들었던 심연의 기억을 떠돌았다.

"무신마……? 그게 누구인가……?"

"잘 지내고 계시려나 몰라."

"나를 속였구나……!"

"속이긴 뭘 속였다는 거야, 솔직하게 말했는데……. 어쨌든, 숨겨둔 한 수 없냐니까?"

백현은 미간을 찡그리며 다시 물었다. 그 질문에 여왕은 빠득 이를 갈았다.

백현이 물었던 대로, 여왕은 알 따위는 품지 않고 있었다. 애당초 그녀는 단 한 번도 산란을 해본 적이 없는 몸이었고, 이 어비스에서 오롯이 혼자였다.

둥지의 귀면주들은 그녀가 낳은 것이 아니라 다른 둥지의 여왕을 잡아먹고 수하로 삼아 데리고 있었던 놈들일 뿐이었다.

산란은 스스로를 약하게 만든다. 그렇기에 평생토록 알을 낳지 않았다. 언젠가 탈각(脫殼)을 이루어 이 하찮은 몸뚱이를 초월하고야 말겠다는 목표를 세우고, 긴 세월 동안 품은 독기를 더욱 지독하게 만드는 것에 매진해 왔다.

재생의 뱀. 그 오랜 괴물의 비린내를 풍기는 헌터가 찾아왔을 때. 내심 두려움을 느꼈다. 여왕이 아무리 힘을 모아봤자 미물일 뿐이니.

그 헌터가 생각했던 것보다 훨씬 약하다는 것을 알았을 때.

오히려 잘 되었다는 생각을 했다.

언젠가 재생의 뱀이 보낸 다른 헌터에게 죽게 되더라도, 그 때엔 오랜 괴물의 어여쁨을 받는 인간을 독으로 녹여 죽였노라는 자랑을 가지고 죽을 수 있을 것이라 생각했다.

하지만 여왕은 아무것도 이루지 못했다. 정말 아무것도.

평생 알을 낳지 않고 독기를 모아 탈각하고자 하였는데, 탈각하기도 전에 죽게 되었다. 재생의 뱀의 어여쁨을 받는 인간을 독으로 죽였노라는 자랑을 갖지도 못하게 되었다.

"너는 누구냔 말이다……!"

여왕이 다시 외쳤다. 솔직히 말해줘도 물어대는데 대체 뭐라고 대답을 해야 한다는 말인가. 백현은 혀를 쯧쯧 차며 고개를 저었다.

"답정너 같으니."

"뭐라……?"

"내가 누구인지는 네 마음대로 생각해. 어차피 믿지도 않을 거."

백현의 몸이 새카만 호신강기에 휘감겼다. 여왕의 저런 모습을 보면, 결국 사람이나 몬스터나 똑같다는 생각이 들었다.

"누구나 믿고 싶은 것만 믿는 법이야."

백현은 그렇게 중얼거리면서 앞으로 걸어 나갔다.

"고통 없이 보내주는 것은 좀 힘들어."

"뭐……?"

"입구에서 시체를 봤거든. 난 기억력이 꽤 좋아."

백현은 그렇게 덧붙였다.

"죄 없는 사람인지 아닌지는 잘 모르겠는데, 나도 같은 사람이라서. 보기엔 좀 그랬어."

"끄…… 끄끄! 오만, 오만하구나. 정말 오만해. 먼저 침입한 것은 그 인간들이었다. 너는 나와, 우리의 입장은 생각하지 않는구나."

"응."

백현은 고개를 끄덕거렸다.

"난 귀면주가 아니잖아."

이유는 그것만이 아니었다. 정수아는 아직 여왕의 독을 취하지 못했다. 백현의 몸이 사라졌다.

여왕의 여덟 개의 눈이 빠르게 움직였다. 그녀는 목숨을 구걸할 생각은 없었다. 한 번…… 한 번만.

아주 작은 상처라도 좋으니, 저 인간의 몸에 상처를 입히고 싶었다. 평생을 무의미하게 만든 인간의 몸뚱이에 무엇 하나라도 남겨주고 싶었다.

여덟 개나 되는 눈으로도 여왕은 백현의 모습을 쫓지 못했다. 백현은 어느새 여왕의 품 안으로 파고들었고, 꽉 쥔 주먹이 여왕의 몸을 타격했다.

으깨져 박살 나는 소리와 함께 여왕의 입에서 피가 뿜어졌다. 그녀는 비명도 지르지 못하고 그대로 뒤로 날아가 거미집의 한복판에 처박혔다.

공중에 자리 잡은 거미집이 크게 출렁거리며 여왕의 몸을 받아냈다.

백현은 검은빛이 되어 여왕을 추격했다.

여왕은 피를 게워내며 간신히 손을 들었다. 파들거리는 손끝에서 새로운 거미줄이 뿜어졌다. 백현은 손을 뻗어 여왕이 내뿜은 거미줄을 낚아챘다.

"케흑!"

거미줄을 타고 백현의 내공이 흘러들어 왔다. 그것은 독기보다 강렬하게 여왕의 체내를 파괴했다.

그녀의 많은 눈동자가 퍽퍽 터져 나갔다. 여왕은 급히 거미줄을 끊어내려 했지만, 그것조차 마음대로 되지 않았다. 백현의 손에 잡힌 거미줄은 더 이상 여왕의 것이 아니었다.

"놔…… 놔…….."

여왕이 피를 컥컥 토하며 버둥거렸다. 백현은 그 소리를 들으며 거미줄을 잡은 손을 휙 당겼다.

그러자 여왕의 거구가 붕 떠올라 백현을 향해 날아왔다.

꽈직!

백현의 주먹이 여왕의 몸을 땅에 처박았다. 그녀의 배를 뚫고 튀어나왔던 포신이, 백현의 주먹에 으깨어져 산산조각이

났다.

피와 살점이 사방에 튀었다. 백현은 여왕의 몸을 꿰뚫고 땅에 처박힌 주먹을 뽑았다.

"너."

피로 얼룩진 여왕의 눈에서 빛이 흐려지고 있었다. 백현은 무감정한 눈으로 여왕의 죽음을 지켜보며 말했다.

"독 말고 다른 건 영 별로다."

그게 실망이었다. 독왕이나 사천당문, 독곡의 고수들은 독 자체도 위력적이었지만 그 독을 다루는 방법이 대단했다. 백현이 독왕을 상대로 지긋지긋하게 고생했던 이유도 그것이었다. 독왕이 극살독을 펼칠 틈을 주지 않고 몰아붙이는 것.

놈이 은밀하게 독을 흘려내지 않게 하는 것에만 수백 번의 시도가 필요했다.

"이……."

백현의 중얼거림을 들은 여왕이 몇 개 남지 않은 눈동자를 부릅떴다. 뭐라고 말을 하려던 여왕이, 꺽- 하고 피를 토했다. 연거푸 피를 토하던 여왕은, 결국 하려던 말을 내뱉지 못하고 그렇게 죽어버렸다.

[재생의 뱀이 웃습니다.]
[재생의 뱀이 당신의 행운에 만족합니다.]

[재생의 뱀이 여왕의 죽음을 우습게 여깁니다.]

행운.

정수아는 주저앉아 멍하니 백현을 바라보았다. 부정할 수가 없는 말이었다.

행운, 행운이었다.

만약 백현과 함께 오지 않았더라면, 정수아는 이곳에서 죽었을 것이다. 그녀는 아직 저 여왕을 감당할 만한 실력이 못 되었다. 재생의 뱀이 말했던 것처럼, 정수아가 이곳에 오기에는 너무 일렀던 것이다.

"괜찮아?"

"……네…… 네."

백현이 정수아를 보며 물었다. 정수아는 간신히 목소리를 쥐어짜 대답했다.

모르겠다.

머릿속이 혼란스러웠다. 재생의 뱀이 보이는 반응은 정수아에게만 들리고 있다. 군주와 계약하지 않은 백현에게는 군주들의 반응이 들리지 않는다.

[재생의 뱀이 당신을 내려 봅니다.]

몸은 이미 회복했다. 정수아가 재생의 뱀에게서 받은 권능은 독뿐만이 아니다.

"이리 와. 얘 안에 뭐가 있는데, 그게 아마 네가 찾는 것일 거야."

백현이 여왕의 시체를 손끝으로 가리키며 말했다. 그 말에 정수아의 두 눈이 흔들렸다.

"……저…… 저는 가질 자격이 없어요."

[재생의 뱀이 혀를 찹니다.]
[재생의 뱀이 당신의 자학을 고깝게 여깁니다.]
[재생의 뱀이 행운을 누리라 권합니다.]

"하지만……."

머릿속에 들린 목소리에 정수아는 양손을 들어 머리를 감싸 쥐었다. 스스로 용납할 수가 없었다. 여왕을 죽이는 데 아무 도움도 되지 않았는데, 단지 행운이라는 것으로 납득하라니.

"아깝잖아."

백현은 정수아를 보며 너털웃음을 흘렸다.

"나는 필요 없고, 넌 필요해. 그러면 된 것 아니야?"

"……"

모르겠다.

가질 자격은 둘째 치고, 정수아는 '백현'이라는 사람을 알 수가 없었다. 호인(好人)인 것 같으면서도 아닌 것 같기도 한 성품. 군주와 계약하지도 않았음에도 저 압도적인 힘.

[재생의 뱀이 동감합니다.]
[재생의 뱀이 저 인간에게 큰 호기심을 갖습니다.]

"그냥 받기 좀 그래?"
"……네."
"그러면 나한테 사갈래?"
백현은 그렇게 말하면서 여왕의 시체를 향해 손을 뻗었다.
우두두둑!
여왕의 몸이 들썩거렸다.
백현의 내공이 여왕의 몸을 헤집었다. 시체가 끔찍하게 뜯기고, 그 안에서 진한 보라색의 독단(毒團)이 붕 떠올랐다.
"……그건…… 돈으로 환산할 수 없는 가치를 가진……."
정수아가 머뭇거리며 말했지만, 백현은 손을 들어 정수아의 말을 가로막았다.
"그건 내가 결정하는 거야."
"네?"
"파는 사람은 나니까, 얼마 받고 팔지는 내가 결정하는 거라고. 아니야?"

"마…… 맞아요."

그 대답을 듣고서, 백현은 만족스러운 웃음을 지었다.

"30억."

"……네?"

"30억. 왜? 너무 비싸?"

"아, 아, 아뇨!"

정수아가 급히 고개를 저었다. 30억? 누군가는 들으면 터무니없다고 말할지도 모르겠지만, 정수아가 보기에는 저 독단을 30억에 판다는 것은 거의 거저라고 할 수 있었다.

헌터 중에서 저 여왕을 단독으로 죽일 수 있는 이들이 얼마나 될까? 물론 상성을 따져가며 싸운다면 더 유리하게 싸움을 이끌어 나갈 사람이야 있겠지만, 정수아는 한국에서 세 번째로 높은 레벨을 가진 헌터. 그런 그녀가 잡을 수 없다면, 적어도 한국에서는 서민식이나 박준환 외에 여왕을 단독으로 잡을 수 있는 헌터가 없다 봐도 무방했다. 그런 괴물의 몸 안에서 나온 독단이 '고작' 30억인 것이다.

[재생의 뱀이 저 인간에게 호감을 보입니다.]

[재생의 뱀이 백현의 이름을 기억합니다.]

[재생의 뱀이 고민합니다.]

[재생의 뱀이 옷장을 엽니다.]
[재생의 뱀이 고개를 끄덕거립니다.]

[인벤토리에 아이템이 추가되었습니다!]

머릿속에서 연이이 들린 말에 정수아는 흠칫 놀랐다. 그녀는 급히 인벤토리를 열어 보았다.

[사린(蛇鱗) 흑의(黑衣)]

재생의 뱀이 오랜만에 호감을 느낀 인간에게 내린 선물.
재질이 얇아 옷 자체에 방어력은 거의 없다.
재생의 뱀이 즐겨 입던 옷인지라, 아직 온기가 남아 있다.
단순 편의를 위해, 사이즈가 조절되는 마법과 찢어져도 자가 수복되는 마법이 걸려 있고, 세탁하지 않아도 더러워지거나 악취가 풍기지 않는다. 통풍도 문제없다.
"맙소사……."
정수아는 넋이 나가 인벤토리를 바라보았다.
군주가 직접 아이템을 하사하다니!
하물며 이 아이템은, 재생의 뱀이 정수아가 아닌 백현에게 주는 것이다. 군주에게 아이템을 하사받은 헌터가 여태까지

2

없는 것은 아니었지만, 계약도 맺지 않은 헌터에게 아이템을 내리는 것은 이번이 처음이었다.

"왜 그래?"

백현이 정수아를 보며 물었다.

정수아는 한숨을 푹 내쉬며 인벤토리에서 사린 흑의를 꺼내, 백현에게 사정을 설명해 주었다.

"배려심이 좋은 군주네. 이 상태로 나가면 좀 민망할 뻔했잖아."

백현은 씩 웃으면서 정수아에게서 옷을 받아 입었다. 사이즈가 알아서 조절되고 자가 수복된다는 점, 그리고 세탁하지 않아도 된다는 점이 백현의 마음에 쏙 들었다.

"……허."

옷을 입은 뒤에, 백현의 얼굴이 구겨졌다.

사린 흑의.

뱀 가죽 재질인 것은 그렇다 쳐도, 몸에 너무 달라붙었다.

[재생의 뱀이 백현의 굴곡에 만족해합니다.]

정수아는 머릿속에서 들리는 목소리를 못 들은 척 노력했다.

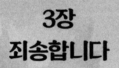

3장
죄송합니다

그래도 어비스의 군주 중 하나인 재생의 뱀이 직접 준 옷이다. 그것도 직접 입던 옷.

너무 타이트하다는 것이 문제라면 문제였을 뿐. 백현은 자리에 웅크리고 앉아서 괜스레 몸에 달라붙은 타이즈를 손가락으로 집어 당겨보았다. 조금 힘을 주자 타이즈가 북, 하고 찢어졌다. 하지만 얼마 지나지 않아 찢어진 부분이 쭉 늘어나더니 메워졌다.

"……좋네."

조금만 품이 넉넉하면 좋을 텐데. 백현은 그런 생각을 하며 턱을 괴었다.

그와 조금 떨어진 곳에는 정수아가 귀면주 여왕의 독단을 양손으로 잡고서 심호흡을 하고 있었다.

그녀는 본래 입던 가죽 타이즈 대신에 큼직한 반팔 티와 반바지를 입고 있었는데, 본격적으로 독단을 흡수하기 전에 나름대로 마음의 준비를 하려는 모양이었다.

'언제까지고 반팔만 입고 다닐 수도 없지.'

편하기는 했지만 잘 찢어진다는 것이 가장 큰 문제였고, 그 다음의 사소한 문제는 폼이 안 난다는 것 정도였다. 그렇다고 다른 헌터들처럼 무거운 갑옷 따위는 입고 싶지 않았다.

사실 아무리 무거워 봤자 백현에게는 별 의미가 없었고, 입어봤자 별 도움도 안 될뿐더러, 일단 몸을 움직이는 것이 불편하다.

반면에 사린 흑의는 무게도 느껴지지 않았고, 입어도 입은 것 같지가 않아서 몸을 움직이는 것에 편했다. 뱀 가죽인 주제에 뻣뻣한 느낌도 없었다.

결국, 가장 큰 문제는 미관상의 이유지만, 그거야 뭐 겉에 뭐 하나를 더 입으면 해결될 일이다.

'무복이나 하나 구해야겠어.'

백현은 도원경에서 입었던 무복들을 떠올렸다. 그곳에서는 항상 똑같은 무복을 입었다. 그 시절의 기억을 떠올리면서, 백현은 피식 웃었다.

"……후우!"

정수아가 크게 숨을 들이켰다. 그녀는 두 눈을 질끈 감고 크게 입을 벌려 독단을 입안에 밀어 넣었다. 그것을 보며 백현은 슬쩍 몸을 일으켰다.

"도와줄까?"

"아…… 뇨……!"

정수아가 떨리는 목소리로 외쳤다.

"절…… 대! 도와주지 마세요! 제가 죽어도!"

"그건 좀……."

"절대로!"

정수아가 감았던 눈을 번쩍 뜨고서 백현을 쳐다보며 내뱉었다. 그녀의 두 눈은 어느새 새빨갛게 충혈되어 있었다.

아니, 충혈된 수준이 아니었다. 눈동자 안의 실핏줄이 모조리 터졌다. 그 뒤에는 눈동자가 퍽하고 터져, 눈구멍에서 핏물이 쭉 뿜어졌다.

"이건…… 나…… 혼자서……!"

정수아는 비명 대신에 간신히 그렇게 내뱉었다.

우둑, 우두두둑!

정수아의 전신에서 굵은 핏줄이 울룩불룩 돋아났다. 정수아는 발작하며 바닥을 뒹굴었다. 그녀의 입에서 시커멓게 죽은 피와 내장 조각이 뿜어졌다.

"알았어."

백현은 우두커니 서서 정수아를 바라보았다. 때로는 스스로 마음먹고 극복해야 하는 일도 있는 법이다. 그것은 도원경에서 수행을 해온 백현도 잘 알고 있었다. 누군가의 도움을 받고, 조언을 받고. 백현은 그것이 꼭 나쁜 일이라고 생각하지는 않았다.

도원경에서 수행하던 시절의 백현 곁에도 항상 스승인 주한오가 있었기 때문이다.

하지만 언제나 곁에 조력자가 있어줄 수는 없다. 백현은 정수아가 여왕 사냥에 별 도움이 되지 못했다는 것, 그러면서도 독단을 손에 넣었다는 것에 자괴감을 품고 있음은 이해하고 있었다.

그러니 더더욱 혼자 하고 싶은 것이겠지.

백현은 바닥에 털썩 앉았다.

"그건 중요한 거야."

백현은 손으로 턱을 괴었다.

"네가 버티느냐 마느냐의 문제니까."

버티지 못하면 죽는 거고. 그럼 어쩔 수 없는 거지. 백현은 쓰게 웃었다.

'여기는 도원경이 아니니까.'

내장이 녹고, 뼈가 녹고, 피부가 녹았다. 귀면주의 여왕이 평생토록 품고 연마해 온 독단은 정수아의 모든 것을 녹아내리게 만들었다.

하지만 정수아는 필사적으로 의식을 붙잡았다. 여기서 의식을 잃는다면 전부 끝이다.

정수아는 지금 이것이 자신에게 둘도 없는 기회이자 행운임을 잘 알고 있었다.

[재생의 뱀이 당신을 지켜봅니다.]

우연히 손에 들어온 기회와 행운. 그것을 놓칠 수 없었다. 이렇게 된 이상 반드시 그것을 손으로 붙잡아야만 했다.

여왕을 죽이는 것에 별다른 도움이 되지 못한 자기 자신이 싫었다. 너무 일렀다고, 그렇게 말한 재생의 뱀의 생각을 바꾸게 만들고 싶었다. 자신의 가치를 증명하고 싶었다.

재생의 뱀의 권능은 독뿐만이 아니다.

녹아내린 내장이 재생하기 시작했다. 뼈도, 피부도. 정수아의 모든 것이 다시 재생했다. 녹고, 재생하고. 그것이 반복되었다.

그 끔찍한 고통 속에서 정신을 유지하는 것. 그것만으로도 머리가 미쳐 버릴 것만 같았다.

[재생의 뱀이 당신을 지켜봅니다.]

얼마나 시간이 흘렀을까.

영원할 것만 같던 고통이 끝났다.

"……아……."

정수아는 자신이 살아 있고, 미치지 않았음을 깨달았다.

[레벨이 올랐습니다.]

연이어 들린 소리.

[재생의 뱀이 웃습니다.]

[재생의 뱀이 즐거워합니다.]

[재생의 뱀이 권능을 선물합니다.]

[재생의 뱀이 당신에게서 사도의 가능성을 느낍니다.]

"아아……!"

정수아는 탄성과 함께 벌떡 몸을 일으켰다.

"나, 나, 살아 있어요!"

정수아가 기쁜 목소리로 외쳤다. 몸이 자신의 몸 같지가 않았다. 이전에는 대체 어떻게 움직였던 것인지 알 수 없을 정도로 몸이 가벼웠다.

귀면주 여왕의 독단을 흡수하는 것에 성공했다. 게다가 그

과정을 견뎌냈다는 것에 만족한 재생의 뱀이 레벨과 권능까지 내려주었고, 사도의 가능성까지 느꼈다.

물론 사도의 가능성을 느꼈다고 해서, 사도로 삼겠다는 것은 아니다. 가능성은 어디까지나 가능성일 뿐이다. 이후로 사도의 시련을 받는 것은 전적으로 정수아의 역량에 달린 일이다.

"……응. 축하해."

백현은 기뻐서 방방 뛰는 정수아를 보면서 떨떠름한 목소리로 말했다. 정수아는 모르겠지만, 그녀는 무려 10시간가량 바닥에 엎어져 독에 녹아내리고 재생하는 것을 반복하고 있었다. 그동안 백현은 가만히 앉아 그런 정수아를 지켜보고 있었다.

"그런데. 일단 옷 좀 입고 하면 안 돼?"

"……네?"

그제서야 정수아는 들뜬 정신을 가라앉힐 수 있었다. 그녀는 뻣뻣하게 굳은 표정으로 자신의 몸을 내려 보았다.

독기에 쉼 없이 몸이 녹아내렸는데, 입고 있던 옷이 독기에 버텨줄 리가 만무했다.

애초에 그것을 걱정하고 아끼던 타이즈를 벗어 편한 옷으로 갈아입었는데, 너무 기쁜지라 알몸이라는 것을 잊고 있었다.

"……그런데 왜 30억이에요?"

다시 타이즈 차림으로 돌아온 정수아와 반바지에 뱀 가죽 타이즈를 입은 백현은 사이좋게 암굴을 거슬러 올라갔다.

"갚을 돈이랑 이자."

"갚을 돈…… 이자……? 오빠 누구한테 돈 빌렸었어요?"

"응."

지금 백현이 살고 있는 아파트의 매매가가 20억 정도 되었다. 5년 동안 병원비가 얼마나 될지는 모르겠지만, 아무리 비싸도 10억보다는 싸지 않을까 싶었다.

"갚지 않아도 된다고 듣기는 했는데, 난 갚고 싶거든. 그래야 마음이 편하지."

"안 갚아도 된다니…… 대체 누구한테 빌렸길래?"

"친구."

"친구가 엄청 부자인가 봐요."

"아마 너도 알걸."

백현의 말에 정수아의 두 눈이 동그랗게 떠졌다. 곧, 그녀는 누군가의 이름을 떠올릴 수 있었다.

"민식 오빠?"

"응."

화천 어비스 출입소에서의 일로 백현은 유명인이 되었다.

방송국에서는 백현에 관한 보도를 끊임없이 내고 있었고,

백현이 다녔던 초등학교부터 고등학교까지의 동창, 선생 등의 자잘한 인터뷰도 우후죽순으로 쏟아져 나왔다.

뉴스뿐만이 아니라 연예 프로그램, 인터넷 기사 등도 백현으로 도배되었다.

서민식과의 연결 고리가 발견되는 것은 오래 걸리지 않았다. 백현이 서민식과 같은 고아원 출신이라는 것을 시작으로 해서, 백현이 무려 5년 동안 식물인간이었다는 것. 그리고 서민식이 식물인간이 된 친구를 위해 5년 동안이나 병원비를 내주었다는 것은, 포장하지 않아도 누구나 훈훈하게 들을 법한 미담이었다.

게다가 백현이 처음 헌터가 되었을 때 서민식이 람보르기니를 끌고 직접 어비스 출입소에 마중을 나갔다는 사진도 유포되었다.

어쩔 수 없는 일이었다. 백현은 전례가 없는 존재였고, 서민식은 한국에서 박준환 다음의 레벨을 기록하고 있는 헌터였다.

털털한 성격에 마스크도 괜찮아 본래부터 인기가 많았는데, 거기에 백현이라는 알 수 없는 존재와의 우정과 미담까지 더해지니 대중이 열광하는 것은 당연했다.

"아마 지금 화가 많이 났을 거야."

"왜요?"

"같이 저녁 먹기로 했었거든."

백현은 그렇게 말하면서 손목에 찬 팔찌를 내려 보았다.

설마.

정수아의 두 눈이 불안을 담아 떨렸다.

"3시간 늦었네."

"어…… 어어어……."

정수아가 울상을 지었다.

백현은 쩝하고 입맛을 다셨다. 도원경에서 돌아오고 서민식
과 처음으로 함께 저녁을 먹기로 약속했다. 그런데 안타깝게
도 약속 시간에 한참이나 늦게 되었다. 일이 이렇게 된 이상 오
늘 성역을 탐색하는 것은 무리였고, 근처의 게이트를 찾아 어
비스를 나가기로 마음먹었다.

"저 그냥 두고 가시지……."

"너 그러고 있는데 어떻게 두고 가?"

"하지만…… 저 때문에 오빠가 곤란해졌잖아요……."

"괜찮아, 괜찮아. 그런데, 너 민식이랑 친해?"

"그…… 친하지는 않은데, 연락처는 알아요."

"그럼 이따 나가서 말 좀 해주라. 내가 너 좀 도와주느라 어
쩔 수 없었다고."

"다, 당연히 해드려야죠. 제가 무슨 일이 있어도 오빠 욕 안
먹게, 꼭."

정수아가 양 주먹을 불끈 쥐며 말했다.

"이 ×발 놈아."

게이트를 나와 거실로 돌아왔을 때.

백현이 처음 본 것은, 거실 한가운데에서 버너에 불판을 올려 소고기를 굽고 있는 서민식의 모습이었다.

"너 병신이냐?"

"야, 그게."

"뒤지고 싶어?"

"아니, 그게 아니라."

"너 세다고 막 나가는 거야? 어? 너, 약속이 왜 약속인지 알아? 어기지 말라고 약속인 거야 개새끼야."

"야 사람 말 좀."

"내가 네 말을 왜 들어? 아이고, 우리 백현 님. 군주랑 계약도 안 했으면서 존나 센 백현 님! 도원경인지 뭔지에서 무공 배우고 왔다고 사람 너무 괄시하는 거 아니세요?"

서민식은 커다란 소리로 투덜거리면서 큼직한 1++등급 한우 등심을 뒤집었다.

"아니면 내가 사도 시련도 못 받은 쩐따라서 개무시하는 건가? 어? 우리 백현 님은 너무 개쩔어서 나 같은 ×밥 쩐따랑은 이제 쪽팔려서 못 놀아주는 건가? 남들 보기에 좀 그렇고 급이 안 맞으니까 같이 저녁 못 먹으시겠다 이건가?"

"그러니까 그런 게 아니라……."

"아이고, 이제 뒤지겠냐는 말도 마음대로 못하겠네. 나 주제에 어떻게! 우리 백현 님한테 그런 말을 해, 능력도 안 되는데. 뒤지게 패고 싶어도 그럴 능력이 안 되는데!"

서민식은 그렇게 내뱉으면서 손을 들더니 자신의 입술을 찰싹 때렸다.

"이, 이! 못된 입! 어디서 우리 백현 님한테 그런 몹쓸 말을!"

"죄송합니다."

백현은 그 자리에서 털썩 무릎을 꿇었다. 서민식은 그런 백현을 보면서 홍 콧방귀를 뀌었다.

"뭐하다 왔냐?"

"내 입으로 말하는 것보다…… 어…… 조금 뒤에 연락 올 거야."

"뭐래, ×발. 나 이런 거로 잘 삐져. 알아 몰라?"

"알죠……."

"5년 만에 같이 밥 한 끼 먹기 힘들다. 어? 가오 좀 잡고 딱 먹으려고, 열심히 일하는 대한민국 기자님들 기삿거리 좀 만들어줄 겸. 딱이잖아, 화제의 두 친구. 고급 레스토랑에서 식사."

"관종 새끼."

"뭐 어때 새끼야, 내 팬들도 좋아하는데. 벌써부터 너랑 나

2

가지고 이상한 팬픽 쓰는 건 좀 많이, 좀, 그리 보고 싶지는 않은데."

"너 그냥 좀 죽으면 안 되냐?"

백현은 투덜거리면서 서민식의 앞에 앉았다.

"세상이 얼마나 아름다운데 벌써부터 죽으라 마라야. 그나저나, 너 밥 안 해 먹냐? 사람이 기껏 냉장고랑 밥솥까지 사다 놨더니."

"안 해 먹어."

"좀 해 먹어 새끼야. 시리얼이랑 라면 처먹지 말고. 배달 음식은 또 얼마나 시켜 먹은 거야? 냉장고에 쿠폰이 뭐 그리 많아?"

"지는 얼마나 잘한다고⋯⋯."

"나? 나는 잘하지. 나 요리 개잘해. 너 내 SNS 안 봤냐? 나 어비스 안 들어갈 때면 아침마다 내가 직접 밥 차려서 사진 올리거든? 어지간하면 점심 저녁도 집에서 해 먹고."

"참 잘나셨어요."

"욕 많이 하는 것 빼고는 꽤 완벽한 남자지. 여자관계도 깨끗하고."

서민식은 그렇게 말하면서 고기를 가위로 뭉텅뭉텅 잘랐다. 백현은 그런 서민식을 보다가 아래를 내려 보았다.

직접 한 밥에 된장찌개, 쌈 싸 먹을 채소들, 잔뜩 쌓인 고기. 그걸 보면서 백현은 헛웃음을 흘렸다.

"배 많이 고팠나 보다."

"너 여기 돌아와서 제대로 밥 먹은 적 있냐?"

"안 먹었겠냐?"

"사 먹은 거 말고. 라면이랑 시리얼, 시켜 먹은 거도 빼고 새 끼야. 네 낯짝에 죽빵이나 갈겨주려고 왔는데, 오다 보니 네 생활이 참 궁상맞을 거 같아서 형이 좀 챙겼다. 감동 안 해?"

"고맙습니다."

백현은 꾸벅 머리를 숙였다. 그 모습을 보면서 서민식이 낄낄 웃었다.

"그니까 좀 해 먹고 살…… 뭐야?"

서민식은 말하다 말고 웅웅 울리는 핸드폰을 들었다.

"……정수아? 얘가 갑자기 왜 전화를 해?"

"빨리 받아봐."

백현은 숟가락을 들어 된장찌개를 한 숟갈 펐다.

'절대로 욕 안 먹게 해준다더니.'

그래도, 욕을 먹는 것이 기분 나쁘지는 않았다.

서민식이 끓인 된장찌개는 기분이 나쁠 정도로 맛있었다.

"이거 참, 갑자기 보자고 하니 좀 놀랐는데……."

2

이석천은 글라스에 위스키를 따르며, 앞을 힐긋 보았다. 널찍한 룸에는 이석천을 포함해 단 두 명뿐이었다.

티를 내지 않으려 노력은 하고 있지만, 이석천은 솔직히 그와 단둘이 마주 앉은 것에 적잖은 부담감을 느끼고 있었다.

"줄곧 만나자고 조르던 것은 그쪽이었을 텐데."

'그'를 실제로 처음 본 사람들은, 그가 의외로 체구가 크지 않다는 것에 조금 놀라곤 한다. 그리고. 그가 생각보다 약해 보인다는 것에 당황한다.

박준환. 한국의 헌터 중 가장 레벨이 높은 헌터.

엄밀히 말해서, 한국의 헌터는 그리 수준이 높다고 할 수는 없다. 그건 어쩔 수 없는 일이었다. 한국은 그리 큰 나라가 아니었고, 그렇다고 동양인이 신체적으로 우월하지도 않기 때문이다.

어비스는 인간이라면 누구나 들어갈 수 있다. 그 말은 즉, 인구수가 많은 나라일수록 많은 헌터를 갖게 된다는 말이기도 했고, 헌터의 숫자가 많으면, 특출 난 실력을 가진 헌터의 비율이 아무래도 높을 수밖에 없다는 말이기도 했다.

'헌터 강국.'

얼핏 듣기에는 우스운 말이지만, 한국은 헌터 강국이 아니었다. 헌터 강국이 되기 위해서는 앞서 말한 것처럼 인구수와 피지컬이 중요하다.

동양인의 신체 능력은 꾸준히 발전하고 있지만, 동양인의 골격은 아직 백인이나 흑인에 비할 수가 없었다. 물론 절대적이지는 않다.

하지만 '튜토리얼'에서는 신체적 피지컬이 제법 중요했다.

중국은 그것을 압도적인 인구수로 찍어 눌러 헌터 강국이 되었지만, 한국은 중국과 같은 압도적인 인구수를 갖지 못했다.

또, 어비스의 개수도 중요한 요소였다. 매달 말일 어비스에서 기어 나오는 몬스터를 토벌하는 것은 군주들에게서 레벨과 권능을 높은 확률로 따낼 수 있는 기회다.

하지만 한국에 있는 어비스는 하나뿐이다.

여러 가지의 악조건이 얽힌 곳이 한국이기에.

많은 사람이 박준환에게 경외심을 갖는다.

그는 한국에서 첫 번째로 예비 사도로 정해진 헌터였으니까.

"……조른다는 말은 듣기 좀 그런데……."

"그런 말이나 하자고 만나자고 한 것은 아니야."

이석천은 자존심을 세우려 했지만, 박준환은 그의 말을 듣지 않았다. 그는 자신의 잔을 단숨에 비우고, 입안에 들어온 얼음을 와작와작 씹었다.

"백현."

그 이름이 나오자, 이석천의 어깨가 움찔 떨렸다.

"자, 본론으로 들어가자고."

박준환이 씹던 얼음을 삼키며 말했다.

이석천은 위스키를 홀짝거리며 박준환의 두 눈을 지그시 응시했다. 무턱대고 본론을 말하는 것도 그렇고, 이 갑작스러운 만남 자체가 마음에 들지는 않았다.

하지만 이석천으로서는 딱히 박준환이 만나자고 하는 것을 거절할 이유가 없었다.

그가 말하는 본론이, 백현에 관한 것이라면 더더욱. 이석천은 편한 자세로 앉아 느긋하게 다리를 꼬았다.

"본론이고 자시고, 이유나 좀 압시다."

"무슨 이유?"

"거- 좀 갑작스럽잖수. 몇 달 동안 어비스에서 두문불출하던 양반이 갑자기 나와서, 대뜸 나한테 전화를 걸고."

이석천의 말에 박준환이 피식 웃었다.

"신경 쓰이나?"

"안 쓰이는 것이 이상한 일이지. 나랑 당신이 친하던 사이도 아니고."

"그렇다고 사이가 나빴던 것도 아니지 않나? 설마, 당신과 내가 경쟁자…… 그런 사이라고 생각하고 있던 것은 아닐 텐데?"

박준환이 웃는 낯으로 물었다. 그것은 이석천의 자존심을 노골적으로 긁어 내리는 말이었다. 이석천은 가슴 속에서 무언가가 끓는 것을 느꼈지만, 그를 표정으로 드러내는 대신에 허허 웃었다.

"경쟁자는 아니지. 내가 그 정도로 분수를 모르지는 않아. 한국, 이 ×만 한 나라. 양대 길드라고 해봐야 한국 밖으로 나가면 명함도 못 내미는 것이 현실이지. 아, 이건 천왕 길드 이야기야. 혈맹은 당신이 예비 사도가 되는 덕에 떡상했으니까."

이석천은 낄낄 웃으면서 짝짝 박수를 쳤다.

박준환은 엷은 비웃음을 입가에 남기고서, 자신의 글라스에 새로 위스키를 부었다.

"그냥 궁금할 뿐이야. 사도 시련을 겪느라 바쁜 당신이 왜, 백현 그놈에게 관심을 가지는지 말이야."

"관심을 가질 만한 인물이니 그렇지."

박준환이 어깨를 으쓱거렸다.

"군주와 계약하지도 않은 인간이 그만한 능력을 가지고 있는 것은 전례가 없는 일 아닌가. 나야 크게 상관은 없지만, 당신은 이래저래 귀찮고 짜증스러울 텐데……."

"크ㅎㅎ!"

박준환의 말에 이석천이 웃음을 터뜨렸다.

"맞는 말이야. 당신이 사도 시련을 받는 틈을 타서 천왕의 덩치를 키우려 했는데, 놈 덕에 일이 좀 꼬여 버렸어. 앞으로도 쭉 토벌에 참가해서 저번처럼 날뛴다면, 글쎄…… 아마 나뿐만이 아니라 한국의 모든 헌터들이 백현 그놈을 밉상으로 여길걸?"

그건 어쩔 수 없는 사실이었다. 토벌전은 이석천과 혈맹뿐만이 아니라 모든 헌터들에게 기회라 할 수 있는 일이다.

한 번이라면 모를까, 앞으로도 백현이 토벌에 참가해 혼자서 몬스터를 모조리 죽여 버린다면. 토벌전은 더 이상 헌터들에게 기회의 장이 될 수가 없다.

"교통정리가 필요한 시점이야."

박준환이 글라스를 흔들었다.

"하지만 당신과 천왕에게는 그럴 만한 능력이 없어. 아, 너무 기분 나쁘게 듣지는 말게. 어쩔 수 없는 사실 아닌가?"

"그야 그렇지."

이석천은 표정을 가다듬었다. 그것은 이석천 본인도 이미 인정하고 있는 일이다.

그렇기에 이석천이 나서서 백현을 압박할 수도 없었다. 차라리 가족이라도 있다면 조금 지저분한 방법으로 압박을 시도해 볼 텐데, 백현에게는 가족도 없었다.

그나마 백현과 진하게 연결되어 있는 것은 서민식뿐. 하지만 그 서민식조차도 이석천과 천왕이 건드리기에는 리스크가 만만치 않은 거물이었다.

"자료를 넘겨."

박준환은 다시 위스키를 단숨에 들이켰다.

타악.

글라스를 내려놓은 박준환의 두 눈이 예리한 빛을 발했다.

"나 대신에 당신이 칼춤을 춰주겠다고?"

"칼춤이라…… 글쎄. 칼춤일지 아닐지는 아직 잘 모르겠군. 하지만, 내가 당신이 하지 못 하는 일을 할 수 있는 것은 분명한 사실이지. 손해 볼 일은 아니지 않나? 자료, 가지고 있어서 뭐할 거야. 방송국에 팔거나 유튜브에 올리게?"

박준환의 질문에 이석천이 껄껄 웃었다. 하이로드의 권능 중에는 시각 정보를 저장하는 마법도 있다.

그 마법은 범용성이 굉장히 다양하다. 어비스는 영상 기기의 반입이 불가능하기 때문에, 어비스 내부의 영상을 현실에서 보기 위해서는 하이로드와 계약한 마법사의 협조가 필수적이다.

물론, 천왕 길드에도 하이로드와 계약한 마법사들은 다수 존재했다.

이석천은 이미 그들에게서 토벌전의 영상을 추출하여 자료로서 저장해 두었다.

봐봤자 화만 치밀어 오르는 자료였지만, 어떻게든 써먹을 일이 있을 것이라 생각했기 때문이다.

"당신의 말대로 이 자료…… 가지고 있어 봐야 써먹을 곳이 없지. 방송국에 팔 생각도 없고, 유튜브에 올릴 생각도 없어. 백현 그 새끼, 내가 나서서 인기를 더해줄 생각은 없으니까."

이석천은 그렇게 말하면서 다리를 꼬았다.

"하지만 그렇다고 내 손에 있는 것을 당신에게 그냥 주는 것은 좀 그런데…… 당신이 제대로 칼춤 한 번 춰주면 또 몰라. 그것도 아니라며?"

"흠."

이석천의 이죽거림에 박준환이 손을 들어 머리를 벅벅 긁었다. 짧게 깎아 바짝 곤두서 있는 박준환의 머리가, 그의 손가락 사이사이에서 파슬거렸다.

"욕심이 많군."

"거래. 몰라? 주는 게 있으면 내가 받는 게 있어야지. 안 그래? 내가 자료를 주면, 당신은 나에게 뭘 줄 건가?"

"뭘 바라는 지나 들어보지."

박준환이 선심 쓰듯이 말했다. 답은 이미 정해져 있었다.

만약 박준환이 정말로 백현을 죽이려는 것이라면, 이석천은 이깟 자료쯤 얼마든지 박준환에게 양도해 줄 생각이 있었다. 하지만 박준환은 '아직 잘 모르겠다'라고 여지를 두었다.

"천왕과 동맹을 맺을 생각은 있나?"

"흡수하고 싶은 모양이군."

박준환이 히죽 웃었다. 이석천은 대답하지 않고 마주 웃었다. 박준환이 사도가 된다면, 그는 더 이상 혈맹 길드의 우두머리로 남아 있을 수 없게 될 것이다. 그건 여태까지 사도가 된 모든 이들이 지나간 절차였다.

용성군의 사도인 라이 룽. 혈사자의 사도인 카르파고. 퓨어 세인트의 사도인 드레이브. 악몽의 결정자의 사도인 샤나크.

그들 모두가 한때는 거대 길드의 수장이었지만, 예비 사도로 선택되고 시련을 받아, 완전한 사도가 된 뒤에는 수장의 자리에서 물러났다.

그건 어쩔 수 없는 일이었다. 사도인 그들은 계약한 군주와 일대일로 이어진 존재고, 그들이 이끄는 길드는 다양한 군주들과 계약한 헌터들의 집단이었다.

'모든 군주가 서로 협조하는 것은 아니야.'

군주들의 관계에 대해서는 명확히 밝혀진 것이 없다. 하지만 그들이 마냥 서로에게 우호적이 아니라는 것은 짐작하기 어려운 일은 아니었다.

"마음 같아서는 당신에게 주고 싶지만…… 그건 내 독단으로 결정할 수 없는 일이지. 혈맹은 나만의 것이 아니니 말이야."

"그러면 거래는 없는 것으로 하는 수밖에."

박준환의 대답에, 이석천은 빈 잔에 위스키를 따르며 느긋한 목소리로 말했다. 박준환이 원하는 것은 그의 손안에 있다. 그렇다는 것은 칼자루 역시 이석천에게 있다는 것이기도 했다.

"따로 바라는 것은 없나?"

2

"길드원들과 이야기라도 해보시지."

"아, 그건 다음에."

박준환은 그렇게 말하면서 잔을 들었다. 이석천은 박준환의 빈 잔을 힐긋 보며 피식 웃었다. 그는 위스키를 천천히 박준환의 잔에 부어주었다.

"아니면 이건 어떤가?"

잔이 채워지는 도중에 박준환이 물었고, 이석천은 눈을 들어 박준환을 보았다.

일은 순식간에 일어났다.

촤악!

박준환의 잔을 채우던 술이 이석천의 얼굴을 때렸다. 단순히 술로 세수 좀 한 걸로 가볍게 끝나지는 않았다.

"끄악!"

이석천이 비명을 질렀다. 그가 들고 있던 위스키병이 테이블 위에 엎어졌고, 그는 양손으로 자신의 두 눈을 감쌌다.

액체일 뿐인데, 얻어맞은 얼굴이 화끈거렸다. 눈을 감싼 손가락 사이로 앞을 보려 했지만, 시야가 흐려 앞이 잘 보이지 않았다.

"욕심이 많은 친구야."

박준환이 끌끌 혀를 찼다. 이석천의 얼굴은 엉망이었다. 끼얹은 술을 정면으로 받은 코는 납작하게 짓뭉개졌고, 입술도 터져 피가 줄줄 흘렀다.

"이, 이 미친놈이······!"

박준환은 이석천의 욕설을 들으면서 쓰러진 위스키병을 손으로 잡았다.

빠각!

내리찍은 위스키병이 이석천의 머리를 갈겼다. 최대한 힘을 빼고 때린 것이었지만, 본래부터 묵직한 술병은 그 자체로도 훌륭한 둔기였다.

이석천은 더 큰 비명을 질렀고, 찢어진 머리에서 피가 쭉 뿜어졌다.

"길드장님!"

"뭐야?"

그러자 닫혔던 문이 벌컥 열렸다. 당연한 말이지만, 이석천은 혼자서 박준환을 만나러 오지 않았다.

애당초 이곳에서 만나자고 한 것도 이석천이었으니, 옆방에 길드원들을 대기시켜 두었다.

박준환으로서는 놀랄 일도 아니었다. 그들의 기척 정도야 이미 처음부터 알고 있었고, 저들이 더해진다고 해서 박준환의 상황이 바뀌지는 않는다.

박준환은 피투성이의 이석천을 보고 놀란 천왕의 길드원들을 보며 혀를 찼다.

"그러게 왜 욕심을 부려가지고."

"조져!"

이석천이 고함을 질렀다. 그 외침을 들으며 박준환은 피식 웃었다.

상황은 순식간에 정리되었다. 이석천이 호위로 데리고 왔던 천왕의 길드원 열 명은 팔다리가 부러져 룸의 바닥에 널브러졌고, 이석천은 이빨을 딱딱 부딪치며 박준환을 바라보았다.

박준환은 심드렁한 얼굴로 이석천에게 다가와, 그의 뺨을 손으로 툭툭 때렸다.

"조용히 끝내는 게 피차 좋지 않겠나?"

"끅……."

"신고해 봐야 득 될 것도 없잖나. 망신살만 뻗칠 테고…… 설마 이 나라의 경찰이나 어비스 관리국이 날 어찌할 수 있으리라 생각하는 것은 아니겠지?"

이석천은 꿀꺽 침을 삼켰다. 그는 간신히 손을 움직여, 주머니에 넣어두었던 USB를 꺼냈다. 그러자 박준환이 너털웃음을 터뜨렸다.

"술 잘 마셨네."

박준환은 이석천에게 받은 USB를 주머니에 넣고서 몸을 돌렸다.

백현, 백현이라. 지하의 룸싸롱을 빠져나오며 담배를 꺼내 입에 물었다. 백현에 대한 영상은 이미 몇 개 찾아보았다.

하지만 아무래도 현장감이 부족했기 때문에, 굳이 이석천까지 만나가면서 천왕 길드가 가진 자료를 받아낸 것이다.

'뭐 하는 놈인지 모르겠군.'

박준환도 백현에게 관심을 가지고 있었지만, 그가 어비스를 나와 움직이는 이유는 단순한 흥미 때문은 아니었다.

무령. 박준환이 계약하고, 그에게 사도의 시련을 내린 어비스의 군주. 그가 박준환이 백현과 접촉하는 것을 바라고 있었다. 군주가 그렇게 하기를 바라는 이상, 박준환으로서는 그 말을 거역할 수가 없었다.

단순한 헌터라면 모를까. 예비 사도로 선택되어 사도가 되기 위한 시련을 진행 중인 박준환이니 더더욱.

지금은 박준환이 살아온 인생에서 가장 중요하고 의미 있는 시기였다.

'여기까지 와서 미끄러질 수는 없지.'

취기는 조금도 없었지만, 몇 잔 마신 위스키의 알콜을 모조리 날려 버린 뒤. 박준환은 주차해 둔 벤츠에 올라탔다.

"그래서. 정수아 개 도와주느라 늦으셨다."

"어."

서민식이 정수아에게 사정을 듣는 동안, 백현은 밥 한 공기를 말끔히 비웠다.

비싼 한우답게 고기는 살살 녹았고, 된장찌개는 기분이 나쁠 정도로 맛있었다. 밥도 너무 퍼지지 않고 그렇다고 꼬들거리지도 않는 것이 먹기 딱 좋았다.

그리 인정하고 싶지 않은 사실이었지만, 서민식의 요리는 흠잡을 곳이 없었다.

"네가 입은 그 이상한 옷은 재생의 뱀이 선물해 준 거고?"

"이상하다니 말이 좀 그렇네."

"이상한 걸 이상하다고 하지, 그럼 뭐라고 해?"

서민식은 투덜거리면서 불판에 고기를 새로 올렸다.

"혹시나 해서 하는 말인데, 괜히 그거 입고 싸돌아다니지 마라. 좀 그래 보여."

"뭐가 그래 보인다는 거야?"

"꼭 끼는 뱀 가죽 타이즈잖아."

"그렇게 꼭 끼지는 않아. 되게 잘 늘어나."

"그래, 알았어. 많이 입어. 그래도 그거만 입고 다니지는 마라. 아니, 입어도 되긴 해. 취향은 존중해 줄게. 그런데 아무도 없는 곳에서 입고 다니세요, 제발."

서민식이 투덜거렸다. 백현은 그런 서민식을 고깝다는 눈으로 보았다. 백현도 이 타이즈 하나만 입고 다닐 생각은 없었다. 하지만 서민식이 저런 말을 하니 괜히 기분이 나빴다.

"지는 옷 얼마나 잘 입는다고."

"나 정도면 패셔니스타지. 너 내가 광고 모델 제의를 얼마나 많이 받았는지 알아?"

"그런데 왜 안 하셨대?"

"그거 할 시간이 어디 있어, 내가 얼마나 바쁜데. 너는 그 바쁜 내 시간을 똥통에 처박으셨지만 말이야."

서민식이 다시 투덜거렸다.

"그런데 정수아 걔, 좀 의외네. 아니…… 정수아 말고 재생의 뱀. 권능은커녕 계약도 잘 권하지 않는 군주라서 좀 까칠할 줄 알았는데, 의외로 잘 챙겨 주고 퍼 주잖아."

"그래?"

"군주한테 직접 계시를 받는 게 흔한 일인 줄 알아? 나는 이 레벨 될 때까지 한 번도 계시를 받은 적이 없어요. 불공평하다니까."

서민식이 고기를 뒤집었다.

"이거 긴장 빡 해야겠네. 이러다가 정수아 걔한테 레벨 밀리면 이게 무슨 망신이야? 그래, 생각해 보면 다 너 때문이네. 네가 정수아 도와줘서 내가 후달리게 됐잖아."

"그럼, 거기서 수아 죽게 내버려 뒀어야 해?"

"아니, 왜 말을 그렇게 받아들이세요. 내가 그런 쓰레기 새끼로 보여? 드립을 다큐로 받지 좀 말고, 그냥 징징거리는 거잖아, 그냥!"

서민식이 되려 역정을 냈다. 백현은 지랄 맞은 친구 놈의 푸념을 들으면서 아니꼬운 표정을 지었다.

"그럼, 너도 내가 좀 도와줘?"

"아니."

백현의 말에 서민식이 정색하고서 대답했다.

"도와주긴 뭘 도와줘, 새끼야. 내 일은 내가 해."

"너도 나 도와줬잖아."

"그건 어쩔 수 없는 상황이었잖아. 그때 일이랑 지금이 같아? 지금 나는 네가 도와주지 않아도 충분히 할 만해."

"그래도 친구끼리 도와줄 수도 있지."

"친구니까 더 싫어."

서민식은 태도를 굽히지 않으며 고개를 저었다. 백현은 그런 서민식을 물끄러미 보다가 고개를 끄덕거렸다.

저건 서민식의 자존심과 관련된 일이었고, 백현이 무턱대고 도와주겠다고 나서는 것은 오히려 서민식의 자존심을 뭉개는 일이었다.

"그럼 계좌 번호나 좀 알려줘."

"계좌는 왜."

"이번 토벌에서 돈 좀 많이 벌었거든."

"야, 내가 안 갚아도 된다고 했잖아. 너 내 말을 왜 씹……."

"네가 내 도움 거절하는 게 네 자존심 문제인 것처럼, 너한테 받은 도움 갚고 싶은 것도 내 자존심 문제야. 너한테 괜히 빚지고 싶지 않아."

그 말에 서민식이 두 눈을 끔벅거렸다. 뭐라 말하기 위해 입술을 벌렸던 그는, 끝내 말을 뱉지 못하고 한숨을 푹 내쉬었다.

"새끼, 할 말 없게 하네."

서민식은 핸드폰을 들어 액정을 톡톡 두드렸다. 조금 뒤에 백현의 핸드폰으로 서민식의 계좌 번호가 전송되었다.

"천천히 갚아, 천천히. 재촉 안 하니까."

서민식은 뚱한 얼굴로 말하면서 다시 고기를 썰었다. 백현은 히죽 웃으며 고개를 끄덕거리고서는, 어비스에서 나오기 전에 들어 두었던 정수아의 번호로 서민식의 계좌 번호를 보냈다.

"……뭐야?"

배 터지게 고기를 먹은 뒤, 소파에 늘어져 있던 서민식은 알림 소리에 핸드폰을 들었다.

격공섭물을 적극 활용하여 뒷정리를 하고 있던 백현도, 알림 소리를 내는 핸드폰을 꺼냈다.

"이 미친 새끼야!"

입금된 30억에 놀란 서민식이 고함을 질렀다.

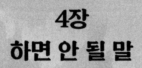

4장
하면 안 될 말

서민식은 밤새도록 백현을 들들 볶았다. 30억이 뉘 집 개 이름이냐면서, 대체 그걸 왜 자신에게 주냐는 둥.

고기를 그렇게 먹었음에도 배달 음식을 잔뜩 시켰고, 근처 편의점에서 다양한 종류의 술을 사 와서 술판을 벌였다.

새벽 내내 야단을 떨고, 잠은 집에서 자야 한다며 서민식은 자신의 집으로 돌아갔다. 서민식을 보낸 후에 백현은 거실을 정리하고 잠을 잤다.

백현의 잠을 깨운 것은 시끄러이 울리는 핸드폰 소리였다. 눈을 뜬 백현은 가만히 천장을 보다가 번호를 확인했다.

모르는 번호였다. 부스스한 머리를 손으로 벅벅 긁었다. 그리 오래 잠을 잔 것은 아니었지만, 그렇다고 몸이 피곤하지는 않았다.

받을까 말까, 잠깐 고민하다가, 그냥 전화를 받았다.

[백현?]

"누구세요."

[박준환.]

의외의 이름이 자신을 소개했다.

[만나고 싶은데. 시간 괜찮나?]

"시간이야 괜찮죠. 어디서 볼까요?"

[어디든지. 장소를 정하면 내가 찾아가지.]

"그럼 어비스 안에서 보죠. 마침 오늘 들어가려 했으니까."

[어비스?]

"거기서 보는 게 피차 편하지 않겠어요?"

[내가 왜 만나자고 하는지는 안 물어보는 건가?]

박준환이 웃음기 섞인 목소리로 물었다. 그 말에 백현은 웃음을 터뜨렸다.

"아, 물어보는 거 깜빡했네. 왜요?"

[일종의 스카웃이 목적이지.]

"길드?"

[대답하기 애매한 질문이군. 하지만 자네를 혈맹 길드로 스카웃하기 위해 온 것은 아니야. 혹시 혈맹 길드에 들어오고 싶나?]

"아뇨."

[그럴 줄 알았어. 그 정도의 힘을 가지고 있는데 다른 길드에 들어갈 리가 없지. 길드를 만들면 또 모를까.]

"에이, 저는 길드 만들 생각도 없어요. 그런데, 계속 전화로 얘기할 거예요?"

[어비스에서 만나도록 하지. 만나자고 한 것은 나니까, 내가 찾아가겠네. 지금 어디에 있나?]

"성역 근처 거주 구역인 헤라드 근처에 귀면주 둥지가 있어요. 그쪽 게이트인데, 올 수 있어요?"

[예전에 가본 적이 있지. 헤라드도 가본 적 있어. 헤라드에 도착하고서 자네가 있는 곳으로 가겠네. 아마 30분 정도 걸릴 거야.]

박준환은 그렇게 말하고서 전화를 끊었다. 백현은 통화가 끊긴 핸드폰을 내려 보면서 씩 웃었다.

'서두를 필요는 없겠지.'

백현은 그런 생각을 하면서 침대에 앉아 가부좌를 틀었다. 파천신화공을 운용해 내공을 움직였다.

단전에서 일어난 내공이 빠르게 기혈을 돌고, 백현의 감각이 모조리 깨어났다. 소주천을 끝내고서 백현은 침대에서 내려왔다. 목을 좌우로 꺾으며 화장실에 갔다.

거울을 보자 막 잠에서 깨어난 자신의 얼굴이 보였다. 백현은 잠시 고민하다가 고개를 끄덕거렸다.

아까 생각한 것처럼, 서두를 필요는 없었다. 그는 입고 있던 옷을 훌훌 벗었다. 사린 흑의는 착용감이 없어 잠옷으로도 훌륭했다.

온수를 켜 머리를 감고, 치약을 듬뿍 짜 양치질을 했다. 꼼꼼히 바디 워시를 칠한 뒤에는 깔끔하게 면도도 했다.

샤워를 끝낸 뒤에는 몸의 물기를 증발시키고 다시 옷을 입었다. 밤새 입었던 속옷은 세탁기에 던져놓고 새 속옷과 바지를 입었다. 스킨도, 로션도 발랐다.

그러고 나니 잠에서 깨어나고서서 삼십 분 정도 흘러 있었다. 밥도 먹을까, 싶었지만 배는 고프지 않았다.

백현은 가슴이 설레는 것을 느끼면서 거실을 가로질렀다.

조금 늦었나? 설마 꼬장이라고 생각하려나, 에이 설마. 다짜고짜 만나자고 한 주제에.

백현은 그렇게 생각하며 두 눈을 감고, 기억 속에 각인된 심연을 떠올렸다.

박준환은 이미 게이트 근처에 도착해 있었다. 박준환은 갑자기 백현이 등장한 것에 조금의 당황도 보이지 않았다.

"안녕하세요."

"반갑네."

백현은 꾸벅 머리를 숙여 인사했다. 박준환은 여러모로 예상과 다른 인물이었다.

그는 백현보다도 키가 작았고, 체구도 그리 크지 않았다. 겉으로 보기에는 그리 강해 보이지 않는다.

'재밌어.'

하지만 백현의 가슴은 설렘과 흥분으로 두근거리고 있었다. 그는 박준환에게 숨겨진 어마어마한 힘을 느낄 수 있었다.

무공의 고수가 반박귀진의 경지에 들어서면 내공이 완전히 갈무리되어, 겉으로 보기에는 무공을 익혔음을 느낄 수 없게 된다.

박준환이 딱 그랬다. 이 세계로 돌아온 후, 백현이 만난 헌터들 중에 저 정도 경지에 선 이들은 한 명도 없었다.

'민식이랑 수아 말대로야. 차이가 진짜 심하네.'

단순히 권능을 받아, 레벨을 올린 그 둘과 예비 사도로 선택되어 시련을 진행 중인 박준환 사이의 차이는 굉장히 컸다. 격이 다르다고 할 수 있을 정도였다.

백현은 서민식이나 정수아를 무시할 생각은 없었지만, 둘이 합공한다고 해도 박준환을 감당하는 것은 불가능할 것이다.

"설마 이렇게 갑자기 만나게 될 줄은 몰랐는데."

백현은 어색한 미소를 지으며 말했다. 박준환은 조금 떨어진 곳에 서서 백현을 물끄러미 보았다.

"그런 것 치고 놀란 것 같지는 않은데."

"저도 아저씨를 만나보고 싶었거든요."

"어째서지?"

"이유야 여러 가지죠. 우선, 한국의 헌터 중에서 아저씨가 제일 강하니까. 그리고 아저씨는 내가 가장 쉽게 만날 수 있는 사도…… 아니, 예비 사도니까."

"그리고?"

"아저씨가 쓰는 권능에 관심도 있고."

그 말에 박준환이 빙긋 웃었다.

"그리고 아저씨가 계약한 군주. 무령이 나를 경계하고 있거든요."

"그렇군."

박준환이 입꼬리를 비죽 올리며 웃었다.

"자네는 무척이나 흥미로운 존재야."

박준환이 느릿한 목소리로 말했다.

"군주와 계약하지도 않은 인간이…… 그런 힘을 가지고 있다는 것은 전례도 없거니와, 무척이나 놀라운 일이지."

"다들 그러더라고요."

"자네의 정체에 대해서는 나의 군주께서도 무척이나 궁금해하고 계시네. 경계…… 경계라. 그게 불쾌한가?"

"누군지도 모르고 만나본 적도 없는 놈이 대뜸 경계한다고 하면 기분이 나쁜 게 당연한 것 아닐까요."

'놈', 백현이 무령을 지칭하는 말에 박준환의 눈썹이 살짝 꿈틀거렸다.

"말을 조심하는 것이 좋아."

"아, 죄송해요. 어쨌든, 저로서는 그리 기분이 좋지 않다는 거예요."

"나의 군주와 다른 군주들이 자네를 경계하고 흥미를 갖는 것은 당연한 일이야. 자네의 힘은 그 어떤 군주에게서 받은 것이 아닌, 자네 자신의 것이니까."

박준환은 감정을 가다듬고 침착하게 말을 이어나갔다.

"그러니 욕심이 생기는 걸세. 튜토리얼은, 무수히 많은 인간 중 계약하고 권능을 주어 키울 만한 옥석을 가려내는 작업일세. 그렇게 선별된 이들이 군주와 계약해 권능을 받고, 그 후로 다시 스스로의 가치를 증명하기 위해 어비스에서 싸워가게 되지."

박준환은 천천히 손을 들어 백현을 가리켰다.

"하지만 자네는, 처음부터 보석인 거야. 가치 있는 보석이 굴러다니는데 탐내지 않을 사람이 누가 있겠나? 군주들도 똑같아."

"그래서요?"

"나를 따라오게."

박준환이 웃었다.

"나의 군주가 자네를 원하고 있어."

"튜토리얼이 끝나면 군주의 선택을 받을 수 없는 것 아니었어요?"

"꼭 그렇지만은 않아. 물론 튜토리얼 때처럼 간단하게 계약을 맺을 수 있는 것은 아니지만…… 문제 될 것은 없어."

백현은 대답하지 않고 박준환의 얼굴을 물끄러미 보았다. 박준환은 멈추지 않고 말을 계속했다.

"내가 자네를 인도해 주지. 나의 군주, 무령의 영지로 자네를 데리고 가…… 그분을 직접 알현할 수 있게 해주겠네. 그렇게 되면 자네는 그분과 계약을 맺을 수 있어."

"그다음에는요?"

"그 뒤의 일은 내가 알 수 없지. 나는 아직 완전한 사도가 되지 못했으니까."

"저 데리고 오면 무령이 아저씨 사도로 만들어준다고 했어요?"

백현은 피식 웃으며 물었다. 그 질문에 박준환이 껄껄 웃는 소리를 냈다.

"공적을 인정해 준다고는 하셨지."

"그럼 저는 사도 못 되는 거네요?"

"꼭 그런 것은 아니야. 사도라고 해서 무조건 한 명만 두는 것은 아닐세. 단지, 모든 군주가 한 명 이상의 사도를 두려 하지 않을 뿐이지. 만약 자네가 바라고, 군주께서 자네의 가치를 인정한다면. 자네에게도 사도의 위(位)가 내려질 걸세."

"흠."

백현은 끼고 있던 팔짱을 풀며 눈을 빛냈다.

"그래도 싫어요."

대답은 이미 정해져 있었다.

백현의 대답에 박준환의 얼굴에서 웃음기가 사라졌다. 훈훈하던 분위기가 돌변했다. 박준환에게서 포악한 기세가 흘러나왔다. 박준환은 싸늘하게 식은 눈으로 백현을 보며 물었다.

"이유를 알 수 있겠나?"

"나는 그 어떤 군주와도 계약할 생각이 없어요. 이제 와서 다시 계약하겠다고 했을 거면 튜토리얼이 끝났을 때 군주랑 계약했겠죠."

"이유는 그게 전부인가?"

"그리고 또. 아저씨가 하는 말을 들어보면, 정작 아저씨도 무령의 의도를 알지 못하잖아요. 게다가…… 군주랑 계약하면 여러모로 제약이 생기는 것 같은데. 아니에요?"

"무조건 힘만 받아가는 계약은 아니지."

"그게 싫어요. 아주 싫어. 나는 군주들이 주는 권능이 없어도 강해요. 그런데 뭐하러 제약까지 걸려가며 그들에게서 힘을 받아야 하죠?"

백현의 말이 끝났을 때, 박준환이 피식 웃었다. 살짝 나온 웃음이 간헐적으로 이어져, 곧 커다란 웃음이 되었다.

"건방져."

박준환이 이죽거렸다.

"스스로의 힘에 과한 자신감을 가지고 있다고 생각하지 않나?"

"나 정도면 가져도 괜찮아요. 왜요? 내가 오만한 것 같아요?"

"솔직히 그렇게 느껴져. 자네가 강한 것은 틀림없는 사실이야. 그 힘이 군주에게서 받은 것이 아니라는 것이 진정 놀라운 일이지. 하지만, 그래 봤자 인간의 힘일 뿐이잖나."

박준환의 기세가 날카롭게 다듬어졌다. 그것은 이제 눈으로 보일 정도로 진해졌다.

백현은 박준환의 몸을 휘감은 회색의 호신강기를 보며 씰룩거리는 입꼬리를 진정시켰다.

"자네는 군주와 계약하지 않았기에, 그들이 어떤 존재인지 모르고 있어. 그들이 얼마나 위대한지. 인간은 그들과 비교하면 벌레만도 못한 존재일 뿐이야. 자네가 자랑스럽게 여기는 그 힘도 마찬가지지."

"그럼 아저씨는요?"

"나 역시 벌레일 뿐이지. 결국에는 인간…… 아직은 인간이니까. 하지만 자네와 나의 가장 큰 차이는, 나는 군주의 총애를 받는 벌레라는 거야. 자네는 누구의 총애를 받고 있나?"

"무(武)."

백현은 웃으면서 대답했다. 그 대답에 박준환의 말문이 막

혔다. 그는 두 눈을 가늘게 뜨고서 백현을 노려보았다. 백현의
대답이 너무 짧아서, 이해하지 못한 것은 아니었다.

[무령이 분노합니다.]

[무령이 살의를 내비칩니다.]

[무령이 저 인간을 죽여 버리라 외칩니다.]

[무령이 저 인간의 발언을 용납할 수 없다고 느낍니다.]

[무령이……]

[무령이……]

박준환의 머릿속이 무령의 반응으로 가득 찼다. 박준환은
작게 숨을 들이켰다. 무령의 반응을 이해하지 못하는 것은 아
니었다.

무령(武靈).

그가 모시는 군주는 그 이름에 걸맞게 무(武)의 화신과 같은
존재였다. 그런 군주의 앞에서 무의 총애를 받고 있다고 떠벌
렸으니, 무령이 저렇게 분노하는 것이 당연했다.

그리고 그것은 박준환도 마찬가지였다. 무령과 계약했고,
권능을 받았고, 사도로서 선택되었다. 비록 아직 완전한 사도
가 되지 않았다고 해도, 사도로 선택되었다는 것은 박준환이
무령과 같은 성질을 가지고 있다는 뜻이기도 했다.

박준환은 가슴 속에서 꿈틀거리는 살의를 숨기지 않았다. 넘실거리는 기가 공간을 가득 채웠다.

"내가 거절하면 어떻게 되는 거예요?"

"나의 군주가 자네의 죽음을 바라는군."

"아저씨도 나를 죽이고 싶어 하는 것 같은데?"

"군주께서도 바라시는 일이지만, 나 스스로도 자네를 죽여 버리고 싶은 것은 사실이야."

"그것도 괜찮죠. 직설적이고 좋아요."

"두렵지는 않은 모양이지?"

박준환이 비웃으며 물었다. 어젯밤, 이석천에게 받은 자료를 통해 백현의 싸움은 보았다.

토벌전. 그 싸움에서 백현이 전력을 내지 않았음은 알고 있다. 하지만 그것을 감안해도, 박준환은 백현의 힘은 자신이 충분히 감당할 수 있는 정도라고 결론을 내렸다.

그것은 직접 마주함으로써 확신이 되었다. 결국 군주와 계약하지 않은 인간. 인간으로서는 터무니없는 힘이지만 결국에는 인간일 뿐.

박준환은 인간이 나약함을 뼈저리게 알고 있었다. 알 수밖에 없었다. 한국 최고의 헌터? 그래 봤자 한국 밖에서는 최고 레벨도 되지 않는다. 물론, 사도의 위를 부여받는다면 레벨은 큰 의미가 없어진다.

하지만. 아무리 사도라고 해도 그 본질은 인간.

박준환은 예비 사도로 선택되었을 때를 떠올렸다.

무령의 영지, 철혈궁(鐵血宮). 그곳에서 감히 올려 보지도 못했던 신적 존재. 그를 따르는 신장(神將)들.

그들의 앞에서, 인간은 너무나 작고 약했다.

"어비스로 오자고 하기를 잘했죠?"

"하하!"

백현의 말에 박준환이 크게 웃었다.

"현실에서 크게 사고를 치고 싶지 않은 것은 나도 마찬가지야. 어차피 이제 와서 별 미련도 없는 세계지만…… 그래도 가끔 가면 즐거운 곳이지."

이 일은 어제 이석천과 천왕 길드원들을 두들겨 팬 것과는 비교가 안 된다. 그 일은 고작해야 강남 룸싸롱의 룸 안에서 이루어진 일이다.

하지만 현실에서 백현을 죽이려 한다면, 최소한 그 일대가 쑥대밭이 될 것이고 수많은 인명 피해가 날 것이다.

그것은 박준환으로서도 감당하고 싶지 않은 일이었다. 이 나라의 법과 어비스 관리국이 자신을 어찌할 수 있으리라 생각하지는 않는다.

하지만 자칫하면 다른 군주의 사도들이 빌미를 잡아 움직일 수도 있고, 무령과 적대하는 군주들이 사도를 부려 사냥을 마음먹을 수도 있는 일이었다.

여기까지 와서 미끄러질 수는 없었다. 박준환은 백현을 보며 큭큭 웃었다.

"도망치지 않을 건가?"

"내가 왜요?"

"오만해."

"별로 그렇지도 않아요."

"하지만, 혹시 모르니 말은 해두지. 만약, 자네가 도망치면…… 내가 뭘 할 것 같나?"

"모르죠. 무령한테 이르려나?"

"서민식."

박준환이 그 이름을 말했다.

"가장 먼저 그 친구를 찾아가겠지. 그를 죽이……."

"야."

박준환의 말이 끝나기 전이었다.

"해도 될 말이랑, 하면 안 될 말."

백현의 얼굴에서 웃음이 사라졌다.

"그건 안 될 말이야."

박준환도 더 이상 웃지 않았다.

"날 빡돌게 하는 말이라고."

박준환이 감히 서민식을 언급했을 때, 백현은 더 이상 박준환을 존중해 주지 않기로 마음먹었다.

분노라는 감정은 백현에게는 조금 낯설었다. 분노는 사람에게 있어서 당연한 감정 중 하나다. 예전의 백현도 여러 가지 일로 분노하곤 했었다.

많은, 지금 생각해 보면 사소한 일들. 아르바이트를 할 때 생기는 자잘한 문제. 빌어먹을 인생. 사람으로 꽉 찬 만원 지하철이나 버스, 불친절한 손님, 학교에 다닐 적 괜스레 시비를 걸던 양아치들. 고아라고 대놓고 차별하고 무시하던 선생들.

하지만 도원경에 들어간 뒤에는, 그곳에서는 참 이상하게…… 분노할 일이 그리 많지 않았다. 분노할 이유도, 사건도 없었다.

수행? 그것은 백현에게 있어서 마냥 즐거운 것이었지, 분노할 것이 아니었다. 연이은 패배 역시, 그때의 백현에게는 분노의 이유가 되지 못했다. 약하니까 패배는 당연했다.

언젠가는 내가 이긴다. 이길 수 있다. 아니, 그걸 떠나서 패배하는 것조차도 즐거웠다.

순식간에 당한 패배도. 끈질기게 버티다가 당한 패배도. 팽팽한 접전 속에서 한순간의 실수로 아깝게 당한 패배도. 아픈 패배도. 전부 다 똑같았다. 분노는 없었다.

이길 수 있었는데, 아깝다. 내가 왜 지는 거지? 저 새끼 죽여 버리고 싶어. 개 같은 새끼…….

이딴 감정은 없었다.

지면, 그냥 그런 거지. 괜찮아. 재밌었어. 아프지만 괜찮아. 괜찮다. 어차피 언젠가는 내가 이긴다. 이길 수 있다.

그런 생각으로 계속, 계속.

그래서 분노는 오랜만이었다. 낯설었다. 하지만 이게 분노라는 것을 알았다. 참을 이유도 없었다.

하면 안 될 말.

박준환은 그 말을 해버렸고, 그렇게 된 이상 백현이 박준환을 존중할 이유는 어디에도 없었다. 모든 사람이 그런 것은 아니겠지만, 어떤 사람에게는 절대로 건드려서는 안 될 무언가들이 있는 법이다.

백현의 경우에는 그중 하나가 서민식이었다. 고아원에서부터 쭉 같이 지낸 친구. 초등학교, 중학교를 같이 나오고, 고등학교부터 갈라지기는 했지만, 항상 연락을 주고받고, 만나고, 놀고, 시답잖은 이야기, 앞으로에 대해서, 서로의 인생.

백현도 서민식을 위해 죽어줄 생각은 없었지만, 자기 능력으로 할 수 있는 일이라면 서민식을 위해 여러 가지를 해주고 싶었다. 지금 일은 백현의 능력으로 할 수 있는 일이었다.

화아악!

새카만 호신강기가 솟구쳤다. 그것은 얼핏 보기에는 거대한 불꽃처럼 보였다.

시커먼 불꽃이 백현의 몸을 집어삼켜 지상에서 타오르고 있었다. 백현은 차갑게 식은 분노를 느끼면서 천천히 박준환에게 다가갔다.

'이상해.'

박준환은 다가오는 백현을 노려보았다. 백현이 웃지 않는 것처럼 그 역시 웃지 않았다.

하지만 백현이 분노한 것처럼, 박준환이 분노하고 있는 것은 아니었다. 그는 당혹감을 느끼고 있었다.

'왜 느낄 수 없었지?'

방심? 오만? 어느 쪽이 판단을 흐리게 하였는지 알 수가 없었다. 미끄러지고 싶지 않아서 최대한 신중했다고 생각한다.

백현의 정보를 파악했다. 서민식과 먼저 접촉해 압박하는 것을 최우선으로 생각하기는 했지만, 그 시점에서의 무령은 백현을 죽이는 것이 아니라 자신의 권속으로 삼기를 바라고 있었다.

쓸데없는 행동으로 적대관계를 형성하고 싶지 않았기에, 박준환은 서민식과 접촉하지 않았다. 정확히 말하자면 할 수 없었다는 말이 옳다.

박준환의 힘은 서민식보다 강하다. 그건 틀림없고, 어쩔 수 없는 사실이다. 예비 사도이기 이전에 박준환은 서민식보다 레벨이 높았다. 만약에 박준환이 무령의 예비 사도가 아니었다면, 그는 백현을 압박하기 위해 서민식을 구속하는 것을 상책(上策)으로 여겼을 것이다.

하지만 무령의 예비 사도가 된 시점에서, 서민식을 사용하는 것은 하책(下策)으로서도 쓸 수가 없게 되었다.

서민식이 계약한 군주, 템페스트 때문이다.

서민식은 템페스트의 사도가 아니다. 예비 사도로도 선택되지 않았다. 그렇다고 템페스트가 다른 인간을 사도로 들이지도, 예비 사도로 선택한 것도 아니었다. 그녀는 그 어떤 헌터도 사도로 선택하지 않았다.

그렇지만 서민식은 템페스트의 총애를 받고 있다. 그렇기에 건드릴 수 없다. 그건 다른 군주의 사도들도 마찬가지다.

사도가 아닌 놈들은 사정을 모르겠지만, 예비 사도로 선택되어 군주를 알현하는 순간. 아주 많은 것을 알게 된다.

'단순한 도발이었는데…… 너무 잘 먹혔어.'

그게 문제였다. 역린일 것이라고는 짐작했지만 너무 제대로 찔러 버렸다.

방심, 오만……. 어느 쪽일까. 나는 지금 미끄러진 건가?

그 역시 알 수 없었다. 박준환은 빠득 이를 갈았다.

[무령이 당신을 노려봅니다.]

[무령이 당신의 가치를 증명해 보라고 합니다.]

[철혈궁의 신장들이 당신을 비웃습니다.]

[무령이 철혈궁 신장들의 비웃음 속에서 몸을 일으킵니다.]

[무령이 당신에게 최후의 시련을 내릴 것을 선언합니다.]

[철혈궁의 몇몇이 무령의 선언에 불만을 갖습니다.]

[사도가 되기 위한 최후의 시련이 시작됩니다.]

아니, 미끄러지지 않았다.

박준환은 크게 숨을 들이켰다. 오히려 잘 되었다.

예비 사도, 언제 사도가 될지도 몰랐던 몸. 오만무도한 철혈궁의 신장들은 고작해야 인간일 뿐인 박준환을 우호적인 시선으로 봐주지 않았다. 그러니 더더욱 사도가 되어야만 한다.

"무(武)의 총애?"

박준환은 다가오는 백현을 노려보며 내뱉었다.

쿠르르릉!

회색의 호신강기가 그의 전신을 뒤덮었다. 박준환이 입고 있던 옷이 크게 부풀어 오르더니 찢어졌다. 그는 자세를 낮추고서 꽉 쥔 주먹을 앞으로 내밀어 자세를 잡았다.

"오만함도 정도가 있지……!"

대답할 가치가 없는 말이었다.

박준환의 눈앞에서 백현의 모습이 사라졌다. 그 순간에 박준환은 몸을 비틀어 주먹을 휘둘렀다.

아무것도 없는 허공을 때리는 듯싶었지만, 그의 주먹을 정확히 백현이 나타나는 곳을 노렸다. 극쾌의 움직임이었지만 박준환은 백현의 움직임을 놓치지 않았다.

백현은 날아오는 박준환의 주먹을 보면서도 놀라지 않았다.

주먹이 그의 호신강기에 닿는 순간, 박준환은 잡았음을 확신했다. 하지만 박준환의 주먹은 그대로 백현의 몸을 꿰뚫었을 뿐, 타격이 되지는 못했다.

잔상이 흩어진다. 극쾌의 이형환위가 박준환을 희롱했다.

'뭣……?'

경악이 의문으로 토해지기도 전에, 박준환은 등 뒤에서의 섬뜩함을 느끼고 급히 발을 움직였다.

파앗!

쏘아진 장풍이 박준환이 서 있던 공간을 폭파시켰다. 박준환은 아래에서 터져 흩어진 흑색의 강기를 보며 오싹 소름이 돋는 것을 느꼈다.

그는 공중에서 몸을 뒤집으며 양손을 활짝 펼쳤다. 빠르게 양손에 모인 강기의 격류가 박준환의 손에서 폭사했다.

꽈꽈쾅!

박준환이 쏘아낸 강기가 지면을 타격했다. 폭격당한 땅이 박살 났지만, 백현은 유유히 공중으로 뛰어올랐다.

박준환은 발판 없는 허공을 자유롭게 뛰며 백현을 향해 달려들었다. 그의 몸을 뒤덮은 호신강기가 응축되었다. 부릅뜬 박준환의 눈이 시뻘겋게 물들었다.

그의 군주, 무령이 하사한 권능들. 백현의 생각대로 그것은 무공이었다. 박준환의 사고가 가속되고, 시뻘겋게 변한 눈은 백현의 움직임을 느리게 보았다.

그의 단전을 가득 채운 내공이 박준환의 기혈에서 급류를 탔다. 그 어마어마한 힘을 원동력으로 삼아 박준환이 더욱 빠르게 가속했다.

꽈아앙!

백현과 박준환이 공중에서 충돌했다. 그 소리만으로 공간이 쩌렁쩌렁 울렸다.

박준환은 내지른 주먹이 백현의 손에 가로막힌 것을 보았다. 막혀도 상관없다. 박준환의 손이 빠르게 움직였다.

연이은 타격이 백현의 시야를 뒤덮었다. 백현은 공중에서 반걸음 뒤로 물러서며 왼손을 들어 올렸다.

활짝 펼친 백현의 왼손이 허공을 수놓았다.

파바바박!

박준환의 연타가 백현의 왼손에 모조리 가로막혔다. 그 넘치는 힘을 막는 것에는 그리 많은 힘이 필요하지 않았다.

적절한 힘과 충분한 요령. 백현은 최소한의 움직임으로 박준환의 공격을 막아내다가, 기습적으로 발을 들어 앞으로 쭉 뻗었다.

퍽.

작은 소리였다. 뻗은 발이 박준환의 호신강기를 꿰뚫고, 그의 명치를 차는 소리는 굉장히 작았다.

하지만 박준환이 느끼는 충격은 상상 이상이었다. 박준환의 얼굴이 일그러졌다.

"끄으……!"

내장이 으스러지는 것 같은 충격. 하지만 박준환은 억지로 어깨를 비틀어 백현의 안면에 주먹을 날렸다.

거력을 담은 주먹이었으나 백현은 무심한 얼굴로 오른손을 얼굴 앞으로 들었다.

툭.

백현의 손등이 박준환의 손목을 가볍게 쳐올렸다. 그것만으로 박준환의 주먹은 위로 꺾여, 그 공격에 실렸던 권격이 공중으로 뿜어졌다.

쫘앙!

멀리까지 뿜어진 강기가 허공에서 폭발했다.

"쓸데없이 힘의 소모가 커."

백현은 그렇게 중얼거렸다. 그 중얼거림을 박준환은 모욕으로 받아들였다.

이상한 일이다. 박준환에게는 백현의 움직임이 느리게 보이고 있는데, 그의 공격은 느리게 움직이는 백현에게 피해를 주기는커녕 때리는 족족 백현에게 막히고 걷어지고 있었다.

간단한 이유였다. 백현이 느리게 보인다고 하나, 박준환이 빨라진 것은 아니었기 때문이다. 움직임이 느리게 보인다면 그것을 통해 몇 수 앞을 내다보아야 한다.

물론 박준환이 그러지 않는 것은 아니었다. 그 정도조차 하지 못할 정도로 무능하다면 무령의 사도로서 선택되지 못했을 것이다.

몇 수 앞을 본다. 한 수? 두 수? 알고 있다. 순식간에 공방이 오가는 근접전. 고수의 싸움은 일 초, 일 초에 상대를 절명시킬 위력을 담는다.

마구잡이로 던지는 공격 같으면서도 신중함을 담아야 한다. 찰나에 오가는 공방 속에서도 먼 곳을 보아야 한다.

무조건 강한 사람이 승자가 되는 것은 아니다. 백현은 그 사실을 누구보다 잘 알고 있었다. 약해도, 멀리 볼 수 있다면, 한 번의 공격이 무엇을 의도하는지, 움직임 하나하나를 살피며 예측하고, 최종적으로 어디에 도달할지를 보는 것.

알 수밖에 없다. 익숙해지는 것이 당연하다.

백현은 자신보다 약한 사람과 싸워본 적이 드물었다. 도원경에서 처음부터 백현보다 약했던 것은, 안타깝게도 설화봉

유운려의 제자인 사라뿐이었다. 그 외에는 모두가 백현보다 강자였다. 쉬운 싸움, 쉬운 승리는 한 번도 없었다.

백현이 점차 강해진 것처럼 싸워야 할 상대도 점차 강해졌다. 도무지 이길 수 없다고 생각한 적도 수십이 넘었다. 하지만 결국에는 전부 다 이겼다.

"크악!"

박준환은 목에 핏대를 세우고 고함을 질렀다. 그 외침으로 공간이 뒤흔들렸다.

그의 몸에서 뿜어지는 회색의 내공이 넘실거리며 주변을 완전히 장악했다. 박준환의 짧은 머리가 완전히 곤두섰다.

사도는 군주의 모든 권능을 사용할 수 있다. 예비 사도인 그는 아직 그 정도까지는 되지 않았으나, 사도로 선택됨으로써 받은 특별한 권능은 있었다.

신무천정(神武天定). 박준환의 몸에서 뿜어져 나오던 강기의 성질이 돌변했다. 그것을 물끄러미 보던 백현의 눈썹이 살짝 움직였다.

이전과는 전혀 다른 압박감이 밀려왔다. 완전하지는 않다고 하나, 지금 박준환이 사용하는 권능은 오직 무령의 사도에게만 허락된 권능이었다.

신무천정이 펼쳐지면서 박준환은 이전과는 전혀 다른 기질을 갖춘 인물이 되었다.

2

"감히, 감히, 감히!"

박준환이 덜덜 떨면서 외쳤다. 넘쳐흐르는 힘, 들끓는 고양감. 가늠하기 힘든 아찔한 힘.

그 모든 것이 지금 박준환의 것이었지만, 그는 신무천정을 펼침으로써 얻은 힘에 순수하게 흥분할 수가 없었다.

[무령이 당신을 비웃습니다.]

[무령이 당신에게 가치가 없음을 느낍니다.]

[무령이 당신에게 실망감을 느낍니다.]

[무령이 당신을 조롱합니다.]

[철혈궁의 신장들이 동의합니다.]

[철혈궁이 웃음소리로 시끄럽습니다.]

망신도 이런 망신이 없었다. 군주와 계약도 맺지 않은 인간을 상대로, 사도를 위해 허락된 신무천정까지 사용했다.

그를 사용하지 않으면 안 될 정도로 처참하게 밀려 버렸다. 박준환을 부끄럽고 분노하게 만든 것은, 무령이 자신에게 가치가 없다고 느꼈다는 것이었다.

물론 이것이 사도가 되기 위한 최후의 시련이라 선언된 이상, 박준환이 백현을 죽인다면 그는 무령의 사도가 될 수 있을 것이다.

하지만 그 다음에는?

가뜩이나 본질이 인간이라는 것에 철혈궁의 신장들에게 괄시를 받았다. 사도가 된다면 그들의 인정을 얻을 수 있을 것이라 생각했는데. 무령조차도 박준환에게 가치가 없다 느껴버렸다. 그렇다면 사도가 되어봤자 철혈궁은 박준환에게 가시방석이 될 뿐이다.

"네까짓 놈 때문에!"

박준환이 악을 썼다.

꽈아아앙!

그 외침이 사자후가 되어 공간을 찢었다. 내공을 가득 실은 폭풍이 백현에게 쏘아졌고, 백현은 손바닥을 활짝 펼쳐 앞으로 가볍게 뻗은 것으로 충격을 흩어냈다.

"왜 나한테 난리야?"

백현은 이해할 수 없다는 투로 중얼거리며 박준환을 노려보았다.

"네가 약한 거잖아."

하지만.

"그래도 지금은 꽤 재밌어졌네."

백현은 박준환이 사용한 것이 사도의 권능인 신무천정이라는 것을 모른다.

하지만 박준환이 무언가를 했고, 그로 인해 박준환의 기질

2

이 바뀌었음은 느낄 수 있었다.

"죽여 버리겠다!"

박준환이 다시 고함을 질렀다. 그 외침에 백현도 고개를 끄덕거렸다.

"나도 그럴 생각이야."

살려두면 화근이 된다. 그러면 죽일 수밖에 없지 않은가.

박준환은 자신이 앞으로 겪어야 할 모욕과 괄시에 이를 갈았다. 하지만 결국에는 앞으로의 것이고, 앞으로 감당해야 할 일이다.

지금의 문제는 아직 해결되지 않았다. 그러나 박준환은 그 앞으로의 일을 당연히 겪어야 할 미래로 생각하고 있었다.

신무천정을 펼친 이상, 그에게 패배는 존재하지 않았다. 극한까지 개방된 감각과 더 앞선 곳으로 나아간 육체.

박준환이 가진 모든 권능 역시 신무천정에 의해 무엇보다 완전에 가까워졌다.

그는 패배를 생각하지 않고, 오로지 백현에 대한 살의만으로 무장하고서 손을 뻗었다.

쿠르르릉!

그의 손에 회백색의 강기가 모여 회오리쳤다. 그것은 이미 단순한 강기의 격을 벗어났다.

강기로 빚어지지 못한 기의 흐름이 강기의 주변을 맴돌며

빠직거렸다. 이만한 힘을 쏟아냄에도 박준환의 단전에는 내공이 마르지 않았다.

백현은 멀찍이서 그것을 보며 순수하게 감탄했다. 저 어마어마한 내공. 백현이 도원경에서 싸웠던 이들 중에서도 박준환처럼 공격 한 번에 저렇게 많은 내공을 쏟아낼 수 있는 자들은 흔하지 않았다.

하지만 박준환은 그로도 부족한지 반대쪽 손에 또 다른 강기의 구슬을 만들어냈다.

'얼마나 강할까.'

백현은 그런 생각을 하며 호신강기를 북돋았다. 귀면주 여왕의 독도 맨몸으로 맞기는 했지만, 저건 맨몸으로 맞아서는 안 될 위력을 가지고 있었다. 위력 하나만큼은 인정할 수밖에 없었다.

두 개의 멸세옥(滅世玉)이 쏘아졌다. 똑같은 속도로 쏘아진 멸세옥을 향해 백현은 주저 없이 달려들었다.

마주 부딪쳐 깨뜨릴 힘은 부족했다. 그의 내공은 신무천정을 써 힘을 빌려온 박준환의 내공보다 부족했다.

하지만 무인의 싸움을 결정짓는 것은, 내공의 양이 아니다. 백현의 양손이 앞으로 뻗어졌다.

거친 격류를 일으키며 날아오는 멸세옥은 너무 많은 힘을 담고 있었고, 박준환은 그 많은 내공을 완벽하게 다루지 못했다. 내공이 많이 실린 덕에 파괴력은 증폭되었겠지만, 불완전했다.

백현의 손바닥 위에 검은 구슬들이 떠올랐다.

총 열 개의 강기 구슬은 멸세옥과 비교하자면 터무니없을 정도로 나약했지만, 백현은 주저 없이 손을 휘둘러 강기옥들을 앞으로 내던졌다.

파바바박!

빠르게 앞으로 쏘아진 강기옥들이 두 개의 멸세옥에 집어 삼켜졌다. 그것을 보며 박준환은 큰 소리로 비웃음을 터뜨렸다.

하지만 그가 비웃을 수 있는 시간은 길지 않았다. 강기옥을 집어삼킨 멸세옥들이, 갑자기 전진을 멈춰 버린 것이다.

푸확.

그리고 허공에서 터졌다. 본래 담긴 힘이라면 이 근방을 완전히 날려 버릴 정도의 파괴를 일으켜야 하는데, 멸세옥의 소멸은 작은 바람 소리만 냈을 뿐이었다.

"내공은 결국 기야."

백현은 경악한 박준환을 향해 말했다.

"그 기를 호흡으로, 몸으로 받아들여서 내공심법을 써. 단전으로 인도해서 네가 쓰기 편한 내공으로 바꾸는 것이지."

"뭘 한 거냐?"

"말했잖아, 내공의 낭비가 너무 심하다고. 불완전하면 깨뜨리기 쉬워. 깨뜨려서, 본래 있던 곳으로 되돌렸어. 이걸 왜 말해주는지 알아?"

백현은 부릅뜬 박준환의 눈을 보면서 고개를 저었다.

"넌 알아도 못 해. 나도 이거 할 수 있게 되는 데 오래 걸렸거든. 무당에 태극선(太極仙)이라는 괴물이 있었는데……. 내가 그 늙은이 잡느라 고생을 좀 많이 했어."

무당의 태극선은 도가 제일의 고수였다. 그 역시 주한오의 기억 속 인물들처럼 백현을 적으로 대했지만, 독왕처럼 무조건 백현을 죽이려 들지는 않았다.

그렇다고 태극선이 그의 절기인 유화태극무한(流化太極無限)을 가르쳐 준 것은 아니었다.

보고, 겪고, 맞고, 죽으면서.

백현은 그렇게 태극선의 유화태극무한을 자신의 것으로 삼을 수 있었다. 최소한의 내공, 최소한의 움직임으로 상대의 움직임과 수단, 모든 공격을 무(無)로 돌리는 것.

무당의 무공에 근간을 두었던 태극선의 유화태극무한과 백현의 유화태극무한은 그 근본이 다르겠지만, 백현이 태극선을 쓰러뜨렸을 때, 태극선은 웃으며 백현을 인정해 주었다.

"개소리……."

"개소리 아니야. 네가 나보다 내공이 많건 적건, 나보다 그걸 잘 다루고 이해도가 깊지 않은 이상, 네 공격은 나한테 별 위협이 안 돼."

"닥쳐!"

박준환이 악을 썼다. 강기가 무차별적으로 쏘아졌다. 끝이
없는 내공은 비지 않는 탄창과 같았다. 연속적으로 쏘아지는
강기를 보며 백현은 혀를 찼다.

"제대로 써먹지를 못하니."

진심으로 그를 안타깝게 여기면서, 백현은 오른손을 앞으
로 뻗었다. 활짝 펴진 오른손을 시커먼 빛이 휘감았다.

백현의 손이 천천히 움직여 원을 그렸다. 손을 덮은 검은빛
이 길게 이어져 허공에 원을 만들었고, 선 안에서는 불투명한
내공의 막이 흔들렸다.

백현은 그렇게 만든 원을 왼손으로 가볍게 밀어냈다. 그러
자 원이 앞으로 나아갔다. 앞으로 나아갈수록 원은 점차 넓어
졌고, 머지않아 박준환이 쏘아낸 모든 강기 다발을 덮을 수 있
을 정도로 커졌다.

그리고 강기 다발은 멸세옥이 사라졌던 것처럼 똑같이 사라
졌다. 강기를 형성한 내공이 분해되어 자연으로 돌아가 버린
것이다.

"기의 조예가 부족해."

"닥쳐!"

박준환이 악을 썼다.

[무령이 경멸합니다.]

박준환의 머릿속을 그 소리가 가득 채웠다.

박준환은 더 이상 강기를 쏘아내지 않았다. 대신에 그는 넘치는 내공으로 견고한 호신강기를 만들고서 백현을 향해 돌진했다.

"그렇다고 근접전이 나보다 나은 것도 아니야."

백현은 거리를 좁혀오는 박준환을 보면서 중얼거렸다.

박준환은 빠르다. 힘이 넘친다. 저 많은 내공은 경이적일 정도다. 하지만 그게 전부다. 가진 것을 제대로 사용할 줄 모른다.

백현이 무공으로서 익힌 것은 파천신화공뿐. 그리고 파천신화공에는 초식이 없다.

하지만 백현에게는 수많은 경험이 있었다. 그는 무림 이십대 고수 중 하나인 태극선에게서 유화태극무한을 훔쳤고, 그 외의 싸움에서도 다양한 기술들을 훔칠 수 있었다.

본판과는 다른 사도(邪道)로 익힌 것이었지만, 그렇다고 위력이 부족한 것은 아니다.

권성(拳星)은 힘든 상대였다. 백현이 싸웠던 이들 중 가장 강한 것은 마흔 살의 주한오였고, 그 이전에 싸웠던 적들은 마흔 살의 주한오보다는 약했다. 하지만 그들 모두가 각자의 절기

2

로 이름을 떨친 고수들이었다.

권성은 그 별호처럼 두 주먹만으로 칭송받는 별이 된 사내였다. 그와의 싸움에서 백현은 아주 많은 것을 배울 수 있었다. 특히 권성이 백현을 곤란하게 만들었던 것은, 그의 성명절기인 금강괴폐(金剛壞廢)였다.

일격필살. 한 번 맞으면 몸이 그대로 박살 나버린다. 아무리 호신강기를 굳건히 세워도, 권성의 주먹은 호신강기를 흩트리고 들어와 백현의 몸뚱이를 박살 냈다. 죽어가는 백현을 내려보며, 권성은 언제나 껄껄 웃으며 떠들곤 했다. 자신의 주먹은 금강불괴조차 박살 낼 수 있다면서.

단전에서 내공이 일어난다. 몸 안의 기혈을 타고 달린 내공이 백현의 주먹을 꿈틀거리게 만들었다.

백현은 달려드는 박준환을 보면서 주먹을 꽉 쥐었다. 저 어마어마한 농도의 호신강기. 피하지 않고 달려드는 박준환은 자신의 방어를 너무 믿고 있었다.

유화태극무한이 호신강기를 흩트린다.

절대적인 것은 없다. 유화태극무한이라고 해서 모든 것을 무로 돌릴 수 있는 것은 아니다.

저만한 농도의 호신강기. 내공이라는 것은 결국 몸에서 떨어져 나오면 통제가 힘들어진다. 하지만 호신강기는 몸을 직접 덮고 있는 것이라, 유화태극무한만으로 완전히 무로 돌리는 것은 힘들었다.

하지만 그것만으로 충분했다. 백현의 금강괴폐가 호신강기를 꿰뚫었다.

그것은 박준환이 생전 처음 겪는 통증이었다.

호신강기를 꿰뚫고 들어온 주먹이 박준환의 가슴을 때렸다. 박준환의 입이 쩌억 벌어졌다.

금강괴폐는 닿는 순간 육체를 완전히 파괴한다. 박준환의 육체가 파괴되지 않았던 것은 신무천정 덕분이었다. 하지만 신무천정이라고 해서, 금강괴폐의 타격을 완전히 막아줄 수는 없었다.

"끄으어어억!"

박준환의 몸이 땅에 처박혔다. 백현은 손을 툭툭 털며 아래로 내려왔다. 박준환은 처참하게 파헤쳐진 지면 위에서 버둥거리며 가슴을 부여잡고 있었다.

주먹에 얻어맞은 가슴은 움푹 패여 깊이 들어가 있었다. 박준환의 어마어마한 내공은 더 이상 호신강기로서 발현되지 않았다. 박준환 본인에게 그럴 여유가 없었다.

"아, 으아아. 아아아!"

박준환의 몸은 엉망이었다. 일격필살은 피했다지만 금강괴폐는 충분히 위력적이었다.

내가중수법으로 흘러들어 온 내공에 의해 내장은 모조리

터졌다. 넘치던 내공이 오히려 독이 되었다. 통제하지 못한 내공이 박준환의 기혈을 갈기갈기 찢었다.

[무령이 한심함을 느낍니다.]
[무령이 당신을 경멸합니다.]
[무령이 저 인간을 경계합니다.]
[무령이 저 인간을 위험하다고 느낍니다.]
[철혈궁의 모두가 무령의 생각에 동조합니다.]

"제, 제발. 제발, 군주시여."

박준환은 숨을 헐떡거리며 움푹 들어간 가슴을 부여잡았다. 여기서 끝나고 싶지 않았다. 고작 이런 일로, 이까짓 일로. 박준환은 원독에 찬 눈으로 백현을 노려보았다. 그리고 백현은, 무덤덤한 눈으로 박준환의 시선을 받아주었다.

사도가 되었다는 것. 그것도 무공에 관련된, 무령의 사도가 되었다는 것은 박준환이 무(武)에 관해서는 남들보다 뛰어난 재능을 가지고 있다는 뜻이다.

물론 사도를 선정하는 기준은 군주의 성향에 따라 다른 것이지만, 그렇다고 어중이떠중이를 무턱대고 사도로 삼을 리는 없다.

사실 그것이 가장 큰 문제였다.

박준환이 가진 무의 재능이라는 것은, 백현과 비교하면 하찮을 정도였다. 가장 큰 것은 사용하는 힘에 대한 이해였다.

　단순히 군주에게 권능을 빌어와 사용하는 것과 직접 익혀 사용하는 것. 그것의 차이는 극심했다.

　"저는 아직……."

　박준환이 피를 토하면서 간신히 그 말을 내뱉었을 때.

　[무령이 짜증을 느낍니다.]

　[무령이 당신을 멸시합니다.]

　[무령이 왕좌에서 몸을 일으킵니다.]

　[철혈궁의 신장들이 만류합니다.]

　[무령이 그들에게 닥치라 일갈합니다.]

　머릿속에서 들리는 목소리의 흐름이 기묘했다. 무령이 몸을 일으켰다? 그것을 왜 신장들이 만류하는 것인가?

　박준환은 호흡이 가빠지는 것을 느꼈다. 백현의 금강괴폐는 박준환의 육체를 확실하게 죽음 직전까지 몰아갔다.

　[무령이 당신을 바라봅니다.]

　[무령이 당신에게 손을 뻗습니다.]

　[무령이……]

2

박준환은 그 뒤의 말을 제대로 들을 수가 없었다. 그것은 지금의 박준환이 이해를 아득히 벗어난 일이었고, 지금의 그에게는 불가능한 일이었으며, 결코 일어나서는 안 될 일이었다. 박준환의 몸이 들썩거렸다.

무감정한 눈으로 박준환을 보고 있던 백현의 두 눈이 크게 떠졌다. 백현은 전신이 오싹거리는 것을 느끼며 자신도 모르게 몇 걸음 뒤로 물러섰다.

박준환은 죽었다. 백현의 금강괴폐에 타격된 순간, 그의 죽음은 필연적인 것이었다. 하지만 지금 이 순간 박준환을 죽게 만든 것은 백현의 금강괴폐가 아니었다.

인간일 뿐인 박준환의 몸뚱이는, 그의 몸에서 일어난 일을 감당하지 못했다. 심장이 부풀어 오르고 내장이 산산조각이 났다. 늑골도 완전히 으스러졌고 역류한 내공이 기혈을 찢어발겼다. 천운이 도와 목숨을 건진다 하더라도 평생토록 제대로 몸을 움직일 수 없어야 했다.

하지만 박준환은 천천히 몸을 일으켜, 빛 한 점 없는 눈으로 백현을 응시했다. 움푹 들어간 가슴은 여전했다. 그렇지만, 더 이상 피를 흘리지 않았다.

백현은 등골이 싸늘해지는 것을 느끼며 박준환을 노려보았다.

"……너. 뭐냐?"

박준환의 입이 천천히 열렸다.

"시건방진 놈."

뚝뚝 끊기는 목소리가 열린 입에서 흘러나왔다.

쿠오오오!

박준환의 호신강기가 여태까지와는 비교할 수 없을 정도로 패악한 기질을 품었다.

박준환을 중심으로 회오리친 파괴적인 강기의 기류가 공간을 뒤흔들었다. 흙먼지가 폭풍을 일으켰고 박준환의 몸이 붕 떠올랐다. 이윽고 자욱해진 흙먼지마저 소멸했고, 박준환은 높은 곳에서 백현을 내려 보았다.

무령.

13 군주 중 하나인 무령이, 박준환의 육체를 그릇 삼아 일시적으로나마 이곳에 강림한 것이다.

무령은 그 사실을 굳이 떠들지 않았으나, 백현은 죽은 박준환의 몸을 사용하고 있는 것이 무령이라는 것을 본능적으로 느낄 수 있었다.

느껴지는 본질이 다르다. 저것은 절대로 인간이라고 할 수 없었다. 백현은 생전 처음 느껴보는 이질적인 존재감을 마주하고서.

"하……."

가장 먼저.

"하하하!"

웃음을 터뜨렸다. 전신이 오싹거린다. 가슴은 터질 것처럼 쾅쾅 뛰었고 단전에서는 잔뜩 흥분한 내공이 성급하게 솟구쳐 올랐다.

그래, 이 느낌. 마지막으로 느꼈던 것이 언제였을까?

마흔 살의 스승, 처음으로 무신마(武神魔) 주한오를 만나 패배했을 때?

아니면 같은 천하오인(天下五人) 중 하나였던 혈승(血僧)을 처음 보았을 때?

검황(劍皇)의 검에 도륙이 났을 때? 투전마라(鬪戰魔羅)에게 갈기갈기 찢겼을 때?

천상기린(天上麒麟)의 일수를 감당하지 못했을 때?

나보다 강한. 압도적으로 강한. 절대로 이길 수 없는 그런 상대를 마주하게 되었을 때의 흥분. 백현은 실로 오랜만에 그런 흥분을 느꼈다.

쿠르르르릉!

백현의 몸이 시커먼 호신강기로 둘러싸였다. 아니, 그것은 여태까지 백현이 펼쳤던 호신강기와는 그 본질이 달랐다.

투전마라. 백현의 파천신화공이 4성이 되었을 때, 스승인 주한오는 한때 자신과 함께 천하오인으로 불렸던 이들을 기억 속에서 불러 와 백현과 싸우게 했다.

그들 모두가 마흔의 주한오와 비교해서 부족하지 않은 인물들이었다. 그중 투전마라는, 백현이 싸웠던 그 어떤 인물들보다 호전적이고 잔혹했다.

　　그의 학살연무강(虐殺煙霧罡)은, 독왕의 극살독과 마찬가지로 백현을 셀 수 없이 많이 죽게 한 기술 중 하나였다.

　　은은한 흑색이었던 백현의 호신강기가 칠흑보다 검게 물들었다. 투기와 살기로 벼려진 호신강기는 투전마라가 직접 사용하던 학살연무강의 수준을 이미 뛰어넘어 있었다.

　　박준환의 몸에 강림한 무령은 조금의 두려움 없이 다가오는 백현을 이해할 수가 없었다.

　　격의 차이는 충분히 느끼고 있을 터였다. 비록 강림한 그릇이 사도조차 못된 폐급일지언정, 일시적으로나마 무령의 힘을 펼칠 정도는 되었다.

　　그리고 무령은 그 잠깐 동안 백현을 죽일 수 있다는 충분한 자신이 있었다.

　　벌레와 대화를 나눌 마음은 없었다. 벌레 하나를 죽이고자 강림한 자신의 꼴이 스스로 우스웠기에, 무령은 천천히 손을 앞으로 뻗었다.

　　쿠우우웅!

　　흐름이 박살 났다. 아득한 존재의 일수(一手)는 그 자체만으로 초월적인 현상을 일으킨다. 그것은 이미 육체로 펼치는 무의 영역을 벗어나 있었고, 피할 수 없는 죽음이 백현을 덮쳤다.

백현은 공간을 압박해 오는 거대한 힘을 느꼈다. 그는 크게 웃으면서 땅을 박찼다.

꽈아앙!

박차고 나간 지면은 그 충격만으로 붕괴를 넘어 소멸되었다. 밀어닥치는 힘의 압력 속에서, 백현을 휘감고 있는 학살연무강이 크게 부풀었다.

꽈지지직!

백현을 중심으로 학살연무강이 확장되었다. 꽉 죄어오는 보이지 않는 힘이 학살연무강과 충돌했다.

고작 그것뿐인데도 백현은 내장이 뒤흔들리는 것을 느꼈다. 단편적으로 겪는 군주의 힘은 상상 이상이었다.

그것은 백현이 여태까지 싸워본 그 어떤 적보다 강력했다. 하지만 견디지 못할 정도는 아니었다.

백현은 진한 웃음기를 담아 빙글 휘어진 눈으로 하늘 위에 오만하게 선 무령을 직시했다.

백현이 다가오는 것을 보는 무령의 눈썹이 꿈틀거렸다. 활짝 펼쳐진 무령의 손이 백현을 포착했다.

쿠르릉!

그 손바닥 앞에 만들어진 멸세옥은 박준환이 만들어냈던 것보다 크기는 작았지만, 그 안에 담긴 힘은 박준환의 멸세옥과 비교가 되지 않았다.

그뿐만 아니라 유화태극무한으로 흩트릴 수 있었던 아까와는 다르게, 무령의 멸세옥은 완전해서 흩트릴 수가 없었다.

'괜찮다.'

백현은 압박해 오는 공간에서 벗어났다. 무령의 멸세옥이 쏘아졌다. 멸세옥의 속도는 그리 빠르지 않아서, 피하려 들면 얼마든지 피할 수 있을 것만 같았다.

하지만 백현은 저것을 절대로 피할 수 없다는 것을 잘 알고 있었다.

백현의 양손이 가슴 앞으로 모였다.

키이잉.

그의 손바닥 사이에서 새카만 빛이 모였다. 학살연무강의 강기가 포악하게 모여들어 빛을 부풀렸다. 투전마라의 학살연무강, 그다음의 무공이 백현의 손에서 펼쳐졌다.

구천멸살(九天滅殺).

백현의 손안에서 빛이 폭발했다. 가득 담겨 있던 먹물 통이 쏟아진 것처럼, 시커먼 빛이 하늘을 물들였다.

세상 전체와 싸워 죽여 버리고 싶었다던 투전마라의 미치광이처럼 포악한 힘이 무령의 멸세옥과 충돌했다. 그리고 그것은 멸세옥마저 집어삼켰다. 그것을 본 무령의 두 눈이 크게 떠졌다.

"감히!"

무령이 진노했다. 벌레 하나를 죽이기에는 충분하다 못해 넘치는 공격이라 생각했는데, 죽지 않고 감히 대항하려 들고 있다.

무령은 손을 활짝 펼쳐 앞으로 뻗었다.

쿠우우웅!

구천멸살이 무령의 손 앞에서 가로막혔다.

하지만 이미 죽은 박준환의 몸이 덜덜 떨렸다. 그 팔다리가 기괴하게 꺾이면서 두 눈이 퍽퍽 터져나갔다.

무령의 분노에 따라 불려온 힘을 그릇이 감당하지 못하고 붕괴하고 있었다.

무령은 큰 짜증을 느꼈다. 완전히 강림할 수 있다면 저깟 인간 따위 짓이겨 죽여 버릴 수 있을 텐데.

"그 몸으로는 안 돼."

칠흑 같은 강기 너머로 백현의 목소리가 들렸다. 무령은 손을 휘둘러 어둠을 해쳤다. 뛰어들어 오는 백현과 무령의 눈이 마주쳤다.

무령의, 아니, 무령이 그릇으로 삼은 박준환의 얼굴이 일그러졌다. 무령은 백현을 쳐내기 위해 주먹을 휘두르려 했으나, 그 순간 박준환의 팔이 풍선처럼 펑 터져 버렸다.

"너무 약해."

백현의 목소리에는 진한 아쉬움이 담겨 있었다. 만약 무령이 박준환의 몸을 그릇으로 삼지 않고, 본신의 힘을 그대로 갖고서 강림했다면. 이것보다 훨씬 더 즐겁게, 재미있게 싸울 수 있었을 텐데.

"그러니까."

백현은 터진 무령의 팔과, 일그러진 그의 얼굴을 아쉽게 바라보며 손을 뻗었다.

"다음에 보자."

퍼억.

박준환의 머리가 터졌다. 그의 몸에 내려앉았던 포악한 존재감이 꺼지듯 사라졌다.

머리를 잃은 박준환의 몸은 하늘에서 떨어지지 않고 그대로 멈춰 있다가, 경련하듯 크게 떨리더니 그대로 폭사해 버렸다.

백현은 피와 살점을 뒤집어쓰기 전에 조금 뒤로 물러섰다. 후두둑 떨어지는 시체의 잔해를 보며, 그는 한숨을 푹 내쉬었다.

"아깝다."

진심으로 그런 생각이 들었다. 이런 기분을 느끼는 것은 굉장히 오랜만이었는데, 상황이 좋지 않았다. 백현은 잠깐이나마 무령에게서 느꼈던 힘과 그가 보여준 기에 대한 조예를 떠올리며 쩝- 하고 입맛을 다셨다.

13 군주의 힘을 단편적이나마 직접 겪어본 것은 이번이 처음이다. 만약 저런 식으로가 아니라, 진짜 무령과 싸웠다면 어

떻게 되었을까.

'못 이겨.'

백현은 냉정하게 자신의 전력을 평가하여 결론을 내렸다. 길고 짧은 것은 대봐야 안다고들 하지만, 젖 먹던 힘을 쥐어 짜낸다고 한들 무령을 이길 수 있을 것 같지는 않았다.

인간이 아닌 초월적인 존재.

그렇다면 그들은 신인가? 아니면 신에 준하는 다른 존재인가. 신선보다는 강한가?

백현은 그런 생각을 하며 천천히 아래로 내려왔다.

주변은 폐허였다. 박준환과 싸우면서 최대한 주변을 신경 쓰긴 했지만, 무령과의 짧은 싸움에서는 그마저도 힘들었다.

그나마 이 근방에 사람의 기척이 없었다는 것, 덕분에 휘말려 죽은 사람이 없다는 것이 백현에게는 위안이었다. 만약 누군가가 휘말려 죽기라도 했으면 꿈자리가 사나웠을 것이다.

'그래도 잘 됐어.'

13 군주 중 하나. 무령의 힘을 조금이나마 볼 수 있었다. 그리고 13 군주가 자신보다 강하다는 것도 알게 되었다.

백현은 그것에 큰 즐거움을 느꼈다. 백현의 무(武)는 아직 완성되지 않았다. 그가 익힌 파천신화공은 아직 5성이고, 앞으로 수행을 어떻게 하느냐에 따라 얼마든지 더 강해질 수 있다. 파천신화공을 완성하면 신이 될 수 있다는, 스승의 말이 사실인지 아닌지는 아직도 잘 모르겠지만.

최소한 파천신화공을 완성하면, 군주 중 하나인 무령과 정면에서 싸워도 패배할 것 같지는 않았다.

"……그래서."

땅에 내려온 백현은, 앞을 빤히 보면서 턱을 긁적거렸다.

"이설 들어가, 말아?"

백현의 앞에는, 원래는 존재하지 않았던 새하얀 문이 서 있었다.

퓨어세인트의 영지. 성역의 입구로 통하는 문이었다.

5장
두려운가?

어비스에 처음 들어와 튜토리얼을 끝낸 후, 백현의 목표는 일단 퓨어세인트가 있는 성역으로 가는 것이었다.

그 뒤의 일은 솔직히 생각하지 않았다. 와달라고 하길래 가는 것이었고, 가보면 무언가 일이 생길 것이라고 생각했다.

'보고 있었나?'

백현은 새하얀 문을 보며 생각에 잠겼다.

성역으로 통하는 입구는 거주 구역 헤라드 근처에서 발견된다. 뚜렷한 장소가 정해져 있는 것도 아니다. 간절히 바란다고 해서 들어갈 수 있는 것도 아니다.

선택하는 것은 어디까지나 성역의 주인인 군주, 퓨어세인트다. 헤라드에 모인 많은 헌터들이 성역에 들어가는 것을 희망

하지만, 진짜로 성역에 들어간 이는 전 세계에서도 그리 많지 않다.

"타이밍이 좀 그렇네."

백현은 그렇게 중얼거리면서 문을 향해 다가갔다. 조금 전까지 무령의 예비 사도인 박준환. 그리고 무리해서 강림한 무령과 싸움을 벌였다.

그때까지만 해도 성역의 문은 여기에 존재하지 않았다. 백현이 정수아와 함께 귀면주 둥지로 향했을 때도, 성역의 문은 나타나지 않았었다.

그런데 싸움이 끝나자, 마치 처음부터 여기에 있었다는 듯이 나타나는 꼴이 참 뻔뻔하게 느껴졌다.

'퓨어세인트도 나를 적대하는 건가?'

그럴지도 모른다는 생각이 들었다. 어쩌면 회유하고 싶은 것일지도 모르지.

아니, 그런 것이라면 이렇게 성역으로 직접 불러들이는 것보다는 사도인 드레이브를 보내는 편이 낫지 않나? 백현은 그런 고민을 하면서 문고리를 향해 손을 뻗었다.

[퓨어세인트가 당신을 지켜봅니다.]
[퓨어세인트가……]

문고리에 손을 올린 순간. 백현의 머릿속에서 그런 목소리가 들렸다. 그는 흠칫 놀라 문고리를 놓았다.

그러자 이어 들리던 목소리가 뚝 끊겨서, 그다음이 들리지 않았다. 튜토리얼 이후로 이런 소리를 들은 것은 처음이었다.

"깜짝이야."

백현은 투덜거리면서 다시 문고리를 잡았다.

[퓨어세인트가 당신을 성역으로 초대하고자 합니다.]
[퓨어세인트가 당신을 적대할 의사가 없음을 밝힙니다.]

"그거야 바뀔 수도 있는 거지."

가당찮다는 생각에 중얼거리니, 즉시 대답이 돌아왔다.

[퓨어세인트가 고개를 젓습니다.]
[퓨어세인트가 대화를 바랄 뿐이라 말합니다.]

과연 정말일까. 백현은 입꼬리를 비죽 올렸다.

무턱대고 믿고 싶은 마음은 없지만, 호기심이 동하기도 했다. 조금 전에 무령의 힘을 겪어보았기 때문에 더욱 그랬다. 그리고 며칠 전 보았던 지하철 입구에서의 소란을 떠올렸다.

퓨어세인트를 믿으라고 외치며, 사후세계에 대해 떠들던 사람들. 거주 구역 헤라드에서 평온한 미소를 지으며 돌아다니던 퓨어세인트와 계약한 헌터들. 퓨어세인트야말로 인세에 강림한 신이라 말한 사도 드레이브.

그렇게 칭송받고 있는 '신'을 직접 한번 만나보고 싶었다.

백현은 주저 없이 문고리를 돌려, 문을 열었다.

그 너머에는 아무것도 없었다. 정말 아무것도 없는 새하얀, 백색의 세계가 펼쳐져 있었다.

백현은 바로 들어가지 않고, 잠깐 동안 우두커니 서서 그 안을 들여다보았다. 감각을 멀리 뻗어 안을 살펴보았지만, 아무것도 느낄 수가 없었다. 문은 이미 열려 있는데, 닫힌 문너머를 억지로 보려 하고 있는 것만 같은 기분이었다.

"나 원 참."

백현은 작게 중얼거리면서 발을 앞으로 뻗었다. 이곳에서 살펴보아 봤자 아무것도 알 수 없다는 것을 깨달았기 때문이었다.

백현이 문을 완전히 지났을 때, 세계가 바뀌었다. 어느새 백현은 아름답고 화려한 꽃밭 한가운데에 서 있었다.

백현은 천천히 고개를 들어 하늘을 보았다. 하늘은 맑고 푸르렀고, 형태 좋은 새하얀 구름이 천천히 떠다니고 있었다. 태양은 밝았지만 올려 보아도 이상하게 눈이 부시지 않았다.

떠다니는 구름과 산뜻하게 부는 바람. 눈이 부시지도 않고

2

따스하기만 한 태양과 주변 가득 만개한 꽃들. 계절의 구분 없이 피어난 다양한 꽃들이 뿜어내는 향기. 종류가 다양한데도, 난잡하지 않고 딱 맡기 좋게 어우러진 꽃의 향기가 가득한 꽃밭의 너머, 그 아래.

이 '정원'은 통째로 공중에 떠 있었다.

그 정원 아래에 보이는 아름다운 세계. 초목이 어우러진 숲. 토끼나 다람쥐 같은, 징글맞지 않고 귀엽기만 한 동물들. 풍경을 해치지 않는 새하얀 도시. 그 도시에서 살아가며, 서로에게 인사를 전하며 웃고 있는 천사들.

순백의 날개를 펄럭거리며 하늘을 날고 있는 천사들과 간간이 보이는, 날개를 갖지 못한 '헌터'들.

보는 것만으로 마음이 편안해지는 풍경이었다. 이곳에는 근심과 걱정, 고통 따위는 없어 보였다. 오가는 이들은 모두가 웃고 있었고 모든 것들이 아름다웠다.

하지만 백현은 그 풍경을 도저히 진실이라 받아들일 수가 없었다. 난잡하지 않게 어우러진 꽃의 향기도, 눈이 부시지 않은 태양도, 형태 좋은 구름도, 산뜻한 바람도…… 그 모든 것에서 위화감을 느꼈다.

"당신이 유별난 것은 아닙니다."

백현은 목소리가 들리는 곳으로 고개를 돌렸다. 꽃밭의 한가운데에 한 소녀가 앉아 있었다.

그녀는 새하얀 티 테이블의 앞에 앉아, 백현을 향해 가느다란 미소를 짓고 있었다.

아름다웠다. 겉모습은 고작해야 열댓 살 정도 되어 보였지만, 소녀는 무척이나 아름다웠다. 한 번 보게 되면 눈을 떼지 못하게 되는, 그런 마력을 소유하고 있었다.

그 마력은 지저분한 성욕(性慾) 같은 것이 아니었다. 잘 만들어진 예술 작품을 보는 것만 같은, 고결하고…… 신성하고……. 백현은 푸른 보석을 박아 넣은 것만 같은 소녀의 두 눈을 보았다.

"그런 모습이 취향인가요?"

"딱히 제 취향은 아닙니다."

소녀가 대답했다.

"하지만 이러한 모습을 취하고 있는 것이 더 고결해 보이지 않습니까?"

"소녀와 고결함이 무슨 상관인지 모르겠는데요."

"고결하고, 순결하고, 신성하고. 의미만 보면 크게 다르지 않은 말들이지만, 단어가 전해주는 느낌이라는 것이 있지요. 온몸에 문신을 한 여자보다는 소녀의 모습이 순결해 보이는 것은 당연한 것 아닙니까."

"겉모습으로 사람을 판단하는 것은 나쁜 거예요."

"나는 사람이 아닙니다. 나를 모시는 이들도 나를 사람으로 여기지 않습니다. 그들은 나에게 신과 같은 우상을 바라고 있고, 나는 나를 믿어주는 이들을 위해 그렇게 해주어야 합니다."

소녀가 눈을 방긋 휘며 대답했다.

"초대를 받아주어 고맙습니다."

어비스의 13 군주 중 하나, 퓨어세인트. 그녀는 백현이 상상했던 것과는 여러모로 다른 모습이었다.

그렇다고 예수님이나 부처님, 그런 모습을 상상한 것은 아니었지만. 순백의 드레스를 입고 꽃밭 한가운데에서 티타임을 갖는 금발 벽안의 소녀를 상상한 것도 아니었다.

"당신의 사도는 어디에 있는 거죠?"

"드레이브는 제 부탁을 받아 어비스를 탐색하고 있습니다. 드레이브에게 무언가 볼일이 있으신가요?"

"가능하다면 한번 싸워보고 싶었거든요."

백현은 솔직하게 대답했다. 그 대답에 퓨어세인트가 두 눈을 동그랗게 뜨고 백현을 보았다. 곧, 그녀는 풋 하고 웃음을 터뜨렸다.

"당신은 재밌는 사람이군요."

"왜요?"

"조금 전까지만 해도 무령의 예비 사도와 싸웠고, 무령과도 싸웠잖아요. 그런데도 또 싸우고 싶은 건가요?"

"제대로 싸운 것도 아니었는걸요."

"그게 당신에게는 행운이었습니다. 물론 절대로 일어나지 않을 일이겠지만, 만약 그곳에 무령이 직접 강림했다면 당신은 죽었습니다."

퓨어세인트는 담담한 어조로 말했다. 일말의 여지도 없는 말이었다. 하지만 백현은 그 말에 딱히 불쾌감을 느끼지는 않았다.

"그랬겠죠."

"운이 좋았다고 생각하지 않는 겁니까?"

"애매하네요. 죽고 싶지는 않은데…… 무령과 제대로 싸워 보고 싶기도 하고. 가장 좋은 건 내가 안 죽고 패배만 하는 건데. 글쎄, 무령이 나를 죽이고 싶어 하고 있으니 그렇게 될 리도 없고요."

"죽음이 두려운 건가요?"

"두렵다……. 음…… 두려운가?"

퓨어세인트의 질문에, 백현은 고개를 갸웃거렸다.

"잘 모르겠네요. 진짜 죽어본 적이 없어서."

"죽고 싶지 않다. 조금 전에 그렇게 말하지 않았습니까?"

"그건 두려워서 그런 것이 아니에요. 그냥…… 죽으면, 하고 싶은 일을 더 못 하잖아요. 혹시 그것도 두려움의 일종인가?"

"어떻게 받아들이느냐에 따라 다른 것이겠지요."

"여기가 당신의 천국인가요?"

퓨어세인트가 찻잔을 들어 올리며 웃었고, 백현은 주변을 다시 한번 둘러보며 물었다. 그 말에 퓨어세인트가 낮은 소리로 웃었다.

"천국…… 이라. 네, 이곳이 저의 천국입니다."

"그런 것치고는 좀 작네요."

"거쳐 가는 곳일 뿐입니다. 모든 혼을 수용할 수는 없으니까요."

"천사들은 죽은 헌터들이고?"

"모두가 '인간'인 것은 아닙니다. 당신은 모르겠지만, '군주'라 불리는 우리는 어비스에서 태어난 존재가 아닙니다. 다른 세상의 신적 존재일 뿐. 나는 나와 계약한 이들이 죽어 혼만 남았을 때, 그 혼을 이곳으로 인도하는 겁니다. 그리고 그 혼은 이곳에 잠시 머문 뒤에, 내가 다스리는 세상으로 가서 환생하게 됩니다. 그곳이 '진짜' 천국입니다."

퓨어세인트는 담담하게 말했지만, 그 말은 스스로가 신임을 인정하는 것이었다. 하지만 백현은 놀라지 않았다.

다른 세상이니 하는 것은 백현에게는 놀랄 문제가 되지 못했다. 당장 그의 스승인 무신마 주한오만 해도, 무림이라는 세상에서 살았던 인물이었기 때문이다.

"궁금한 것이 참 많은데, 좀 물어봐도 돼요?"

"내가 그 질문에 대답할 의무는 없음을 이해해 주신다면야."

그 대답에 백현은 헛웃음을 흘렸다. 군주와 접촉한 인간들이 여태까지 수도 없이 많이 해왔던 질문들.

당신들은 어디서 왔는가.

당신들은 왜 인간에게 힘을 주는 것인가.

어비스는 왜 만들어진 것인가.

어비스에서는 왜 몬스터가 나오는 것인가.

당신들이 바라는 것은 무엇인가.

이런 질문들. 백현도 그것을 묻고 싶었다. 하지만 퓨어세인
트는 백현이 묻기도 전에, 질문에 무조건적으로 대답해 주지
않겠다고 말해 버린 것이다.

'그래도, 어디서 왔는지는 말해줬네.'

어비스가 아닌 다른 세계.

"당신의 사도인 드레이브가 했던 말인데. 어비스에서 몬스
터를 보내는 것은 군주들이 아니라고 하던데요. 사실인가요?"

"그건 사실입니다. 만약 우리가 몬스터를 보내는 흑막이라
면, 왜 우리가 인간과 계약해 그들에게 권능을 주고 레벨을 주
어 몬스터와 싸우게 하겠습니까?"

"그러면 몬스터는 왜 나오는 거예요?"

"어비스는 '원래' 그런 세계입니다. 어비스가 당신들의 세계
에 나타난 것은 우연이고, 우리가 개입하지 않았다면 당신들
의 세계는 이미 4년 전에 어비스에서 기어 나온 몬스터들에게
멸망했을 겁니다."

그 말에 백현은 대답하지 않고 피식 웃었다. '원래' 그런 세계

라니. 전혀 믿음이 가지 않는 말이었다.

"그렇다는 건, 당신들 13 군주는 우리를 돕기 위해 개입했다는 거네요."

"그렇습니다."

"그러면 좀 팍팍 도와주지 그래요? 왜 사람을 가려서 계약을 권하고, 권능을 나눠주는 거죠? 레벨도 그렇고."

"우리가 신적 존재인 것은 사실이지만, 결국에는 다른 차원의 존재일 뿐입니다. 저라고 해서 도움을 바라는 이들을 외면하고 싶어서 그러는 것은 아닙니다."

퓨어세인트가 천천히 두 눈을 감았다.

"하지만. 내가 줄 수 있는 힘은 한정되어 있고, 나로서는 그 한정된 힘을 더 잘 사용할 수 있는 이들을 선택할 수밖에 없는 겁니다. 그리고 그것은 나뿐만이 아니라 모든 군주가 마찬가지입니다."

"왜 나를 여기로 부른 건가요?"

백현은 퓨어세인트의 앞으로 다가왔다. 백현이 다가옴에도 퓨어세인트는 조금도 경계하지 않았다.

그녀는 오히려 방긋 웃으며, 백현이 다가오는 곳에 새하얀 의자를 만들어냈다. 백현은 그것을 보며 픽 웃고서 의자에 앉았다.

"당신도 나한테 뭔가를 바라고 있는 건가요?"

"무령처럼 말입니까?"

"네, 영지로 들어오면 군주와 다시 계약할 수 있다던데."

"만약 당신이 나와의 계약을 바란다면, 나는 기쁜 마음으로 당신과 계약을 맺을 겁니다. 당신이 바란다면 사도의 위까지 내려주겠습니다."

퓨어세인트는 우선 그렇게 말했다.

"하지만 당신이 바라지 않는다면, 강요할 생각은 없습니다. 내가 당신을 만나고자 한 것은…… 뭔가 뚜렷한 목적이 있어서라기보다는, 당신이라는 존재를 직접 만나보고 싶었기 때문입니다."

"고작 그것 때문에?"

"나름대로 중요한 일이었습니다."

"그래서, 만나보니까 어때요?"

"당신은 인간이군요."

퓨어세인트가 찻잔을 입가로 가져가며 웃었다. 그 말에 백현은 말없이 웃으며 퓨어세인트를 바라보았다.

참 이상한 말이었다. 튜토리얼이 끝났을 때, 하이로드는 메시지까지 보내 가며 백현에게 질문했다. 너는 정말 인간이냐고. 그리고 지금. 퓨어세인트도 그것과 비슷한 말을 하고 있다. 직접 만나서까지 확인해 보고 싶다는 것이, 백현이 정말 인간인가에 대한 것이라니.

그 말은 꼭.

'인간이 아닌 존재일 수도 있다는.'

몬스터도 아니고, 인간도 아니고, 군주도 아니고. 대체 퓨어세인트나 하이로드는 무엇을 생각한 것일까.

백현은 자신의 의문에 대해서 퓨어세인트에게 묻지는 않았다. 괜히 긁어 부스럼을 내고 싶지 않았다.

"그럼. 따로 더 할 말은 없는 건가요?"

"앞으로 무엇을 할 건가요?"

"글쎄요. 뭐 일단 계속 어비스를 돌아다니겠죠. 여기는 넓고, 신기하니까. 그리고 당신 말고 흑장미의 여왕도 나보고 한번 찾아와 달라고 했었어요. 아, 그러고 보니. 혹시 흑장미 성이 어디에 있는지 알아요?"

"그녀와 만나는 것은 별로 추천해 드리고 싶지 않습니다만."

퓨어세인트가 찻잔을 내려놓으며 말했다.

"그녀는 존재의 본질이 마(魔)에 속해 있어서, 무척이나 음험하고 위험한 존재입니다. 아마 나처럼 당신에게 호의적이지는 않을 겁니다."

"그래서 안 알려주시겠다고?"

"당신을 위해서입니다."

퓨어세인트는 그렇게 대답하며 웃었다.

음험한 존재라. 단순히 사이가 안 좋은 것 아닌가?

백현은 내심 그렇게 생각했다.

"그리고 당신이 입은 옷…… 재생의 뱀의 것이군요. 재생의 뱀과도 너무 친밀히 지내지 않는 것이 좋을 겁니다."

"딱히 친밀하다고 생각하지는 않는데요."

"물론 당신은 재생의 뱀과 만날 수 없겠지만, 재생의 뱀과 계약한 인간. 그 인간과는 거리를 두는 편이 좋을 겁니다. 아마, 조만간 그 인간은 재생의 뱀에게서 사도의 시련을 받게 될 것 같으니까요."

"그런데 왜 친하게 지내지 말하는 거예요?"

"재생의 뱀은 타고난 포식자입니다. 자기 자신을 제외한 모든 것을 집어삼키고 뱃속에서 녹여 버리는 존재입니다."

"그럼 어떤 군주랑 친하게 지내라는 거예요?"

"당신은 그 어떤 군주와도 계약하지 않았으니, 가장 이상적인 것은 그 누구와도 연결 고리를 만들지 않는 것이지요. 하지만 아마 당신은 내 충고를 받아들이지 않을 겁니다."

"맞아요."

"그렇다면 결국 당신의 선택입니다."

"당신이랑은 친하게 지내도 되는 건가요?"

백현이 웃으며 물었다.

그 질문에 퓨어세인트가 풋 웃었다.

"당신은 나를 믿는 겁니까?"

"완전히 믿지는 않죠."

백현의 대답에 퓨어세인트가 웃는 소리를 냈다.

"군주들이 바라는 것은 각자 다릅니다. 그들이 정확히 무엇을 바라는지는, 같은 군주인 나도 알 수가 없어요. 하지만……
몇 가지 충고는 해드릴 수 있겠군요. 당신에게 모욕을 당한 무령은 계속해서 기회를 노릴 겁니다. 어쩌면 무령과 친밀한 군주들이 그에게 힘을 보태줄지도 모릅니다."

"그게 당신일지도 모르겠네요. 드레이브라던가."

"그런 일은 없을 겁니다."

퓨어세인트가 즉시 부정에 나섰다.

"나는 무령을 그리 좋아하지 않아요. 내가 당신에게 호의적인 것은, 무령이 당신에게 모욕을 겪었기 때문입니다."

퓨어세인트는 그렇게 말한 뒤, 두 눈을 가늘게 뜨고 백현을 응시했다.

"또 하나. 당신은 친구를 무척이나 걱정하는 모양이지만, 당신이 걱정하는 일은 일어나지 않을 겁니다."

"……그건 무슨 말이에요?"

"아까 전, 무령의 예비 사도가 당신에게 했던 우스운 협박을 말하는 겁니다."

퓨어세인트는 나른한 목소리로 말하며 찻잔에 새로이 차를 따랐다.

"템페스트는 이질적인 군주입니다."

연갈색의 홍차가 찻잔을 채웠다.

"템페스트는 사도도, 예비 사도도 두지 않았지만, 그러면서도 한 인간을 무척이나 총애하고 있습니다. 그게 누구인지는 말하지 않아도 알겠지요. 사도에 대한 취급은 군주의 성향마다 다른 것이지만…… 말한 것처럼, 템페스트는 굉장히 이질적입니다. 템페스트가 미쳐 날뛰는 것을 바라지 않는 이상, 템페스트의 총애를 받는 인간을 건드릴 일은 없을 겁니다."

"그럼 박준환은 왜 그런 말을 한 거예요?"

"단순한 도발이었을 겁니다."

퓨어세인트의 말에 백현은 헛웃음을 흘렸다.

백현은 템페스트가 아무것도 해주지 않는다면서 투덜거리는 서민식을 떠올렸다.

'뭐야? 이쁨받고 있었잖아.'

퓨어세인트까지 알 정도면, 엄청나게 이쁨을 받는 모양이었다.

"그렇게 총애하는데, 왜 사도로 삼지 않는 거예요?"

백현은 이해할 수가 없어 그렇게 물었다. 그 질문에 퓨어세인트는 빙그레 웃으며 백현의 얼굴을 바라보았다.

찻잔을 천천히 흔들던 퓨어세인트의 입술이 열렸다.

"사도를 선정하는 기준은 군주들마다 다릅니다."

"하지만 그렇게 총애할 정도면, 차라리 사도로 삼아 힘을 주는 편이 낫지 않나요?"

"템페스트가 그 인간을 총애하는 것은 사실이지만, 그것과 사도로 삼는 것은 별개의 문제입니다. 사도나 계약자를 고르는 기준과 그들에 대한 대우는 군주들마다 판이하게 다릅니다."

"그러면 당신은 어때요?"

백현은 퓨어세인트를 빤히 보며 물었다.

"당신은 사도…… 아니, 당신과 계약한 헌터들. 당신을 신이라 말하며, 만약 나중에 죽음을 맞이했을 때 당신의 천국으로 인도될 것이라 믿는 인간들을 어떻게 생각하고 있나요?"

"당신은 이 세계를 보고 무엇을 느꼈습니까?"

퓨어세인트는 대답을 대신해 다른 것을 물었다. 이 세계.

백현은 주변을 쓱 둘러보았다.

"인위적이라고 생각해요."

"하지만 평온하지 않습니까?"

"그래서 더 인위적이고 위화감이 드네요."

"만들어진 천국이니 당연한 것입니다. 앞으로 당신이 어떤 군주의 영지를 또 방문하게 될지는 모르겠지만…… 어비스에 걸쳐져 존재하는 군주의 '영지'는 군주가 만들어낸 인공 차원입니다. 군주의 거울이라고 할 수 있겠지요."

"그럼 인위적인 세계가 당신을 비추는 거울이라는 거네요."

백현은 피식 웃으며 다리를 꼬았다.

"까놓고 말해주면 참 좋을 텐데."

"무조건적인 대답은 해줄 수 없다고 말하지 않았습니까. 당신은 나의 사도도, 신자도 아닙니다."

퓨어세인트가 찻잔을 입가로 가져가며 말했다.

"그러면서도 무조건 대답을 피하는 것도 아니잖아요? 툭툭 던지는 것처럼…… 정보를 알려주는 이유가 뭐예요?"

"당신은 신비로운 존재기 때문이죠."

"내가 군주와 계약하지 않아서?"

"당신이 사는 세계에서, 순수한 인간이 그런 힘을 손에 넣는 것은 이치에 맞지 않는 일입니다."

"가르친다면 누구나 할 수 있어요. 물론 나만큼의 힘을 손에 넣는 사람은 없겠지만."

"그게 중요한 겁니다."

백현은 고결한 소녀의 모습을 하고 있는 퓨어세인트의 얼굴을 응시했다.

이 세계가 만들어진 세계이듯, 저 모습 또한 퓨어세인트의 본 모습이 아닐 것이다. 그렇다면 그녀는 대체 어떤 모습을 하고 있을까. 저 고결하고, 순결하고, 성스러운, 노골적으로 성녀임을 주장하는 거죽의 아래는 대체 어떤 모습을 가진 괴물이 미소 짓고 있는 것일까.

"가르친다면 누구나 할 수 있다. 분명 그럴지도 모릅니다. 하지만 당신에 준하는 힘을 손에 넣기 위해서는 대체 얼마나 긴 세월 수행해야 할까요."

"글쎄요. 한 백 년?"

백현은 어깨를 으쓱거리며 덧붙였다.

"어쩌면 더 길지도 모르고."

"인간에게는 아득한 시간입니다. 그렇기에 당신은 이질적이고 유일한 존재인 겁니다. 당신을 권속으로 삼고 싶기는 하지만…… 아까도 말했듯, 나는 당신의 선택을 존중합니다."

"나에게 바라는 것이 없다."

백현은 의자를 뒤로 기울이면서 중얼거렸다.

"그렇다고 나를 죽이겠다고 하지도 않고."

"내가 당신을 죽일 이유가 있습니까?"

"만약에 내가 드레이브를 죽인다면?"

"드레이브를 죽이고 싶은 겁니까?"

"아뇨, 만나본 적도 없는 사람을 왜 죽이고 싶겠어요? 예를 든 것뿐이죠."

"당신은 무령과의 만남으로 인해, 군주라는 존재를 오해하고 있습니다."

퓨어세인트가 고개를 저으며 말했다.

"무령이 당신을 죽이고자 한 것은 무령의 뜻이지 군주들의 뜻은 아닙니다. 나는 무령과 동조하지 않고, 아까도 말했듯이 무령에게 모욕을 준 당신에게 큰 호감을 가지고 있습니다."

"그 말은 꼭 당신이 무령을 싫어하는 것처럼 들리는데. 왜 무령을 싫어하는 거죠?"

"그는 오만하고 잔인합니다. 자신의 권속, 특히나 인간을 혐오하고 경멸하며 무시하며, 욕심이 많습니다. 그런 존재를 좋아하는 것이 우습지 않습니까?"

"인간을 그렇게 싫어하면서 왜 인간과 계약해 힘을 주는 거죠?"

"그건 무령 본인만이 알고 있겠지요."

백현은 죽기 직전의 박준환을 떠올렸다.

"제발, 제발."

간절히 내뱉던 그 말은 백현에게 목숨을 구걸하는 말이 아니었다. 자신의 군주에게 보내는 기원이었다.

"그럼 질문을 바꿔서, 왜 당신은 인간과 계약해 힘을 주는 건가요?"

"죽게 내버려 두고 싶지 않기 때문입니다."

퓨어세인트가 환한 미소를 지으며 대답했다. 마치 그 질문을 기다렸다는 것처럼.

"나는 그들을 도울 수 있는 존재였고, 그들은 나의 도움을 바라고 있었습니다. 내가 그들을 돕는 이유는 그것이 전부입니다."

2

'그들의 존재와 뜻을 의심하지 마십시오. 그들은 절대적인 선이며, 인간을 위하는 존재입니다. 그들은 우리에게 그 무엇도 바라지 않습니다.'

'우리에게 힘을 주며, 우리가 시련을 극복하게 도와주는 그들을 신이 아니고 무엇이라 할 수 있겠습니까?'

드레이브가 했던 말이 떠올랐다. 확실히. 백현은 사심 따위는 느껴지지 않는 미소를 짓고 있는 퓨어세인트를 똑바로 응시했다.

인간을 죽게 내버려 두고 싶지 않아서. 단지 그 이유만으로 어비스에 들어온 인간에게 계약을 권한다. 이유는 오직 인류애(人類愛). 저 정도면 신이라 불리기에 충분했다.

"멋지네요."

백현은 퓨어세인트를 따라서 웃었다.

"모든 군주가 당신 같은 것은 아니라는 거죠?"

"그렇습니다."

"무령은 오만하고 잔인하고, 인간을 혐오하고 경멸하고 무시하고, 욕심이 많고."

백현은 의자에서 몸을 일으켰다.

"흑장미의 여왕은 존재의 본질이 마에 속해 음험하고 위험하며, 재생의 뱀은 타고난 포식자."

"그렇습니다."

"템페스트도 의심스러운 것은 마찬가지. 민식이를 그렇게 총애하고 있으면서 사도로 삼고 있지 않으니까, 뭔가 좀 구릴 것 같고."

"그것은 당신이 생각하기 나름입니다."

"하지만 당신은 인류애 넘치는 군주인 것이고."

"다른 군주에 대해서는 궁금하지 않습니까?"

퓨어세인트가 찻잔을 흔들며 물었다.

"흑장미의 여왕, 재생의 뱀, 템페스트, 무령. 단편적이나마 내가 언급한 군주들은 넷뿐입니다. 아직 많은 군주가 남아 있습니다. 용성군, 혈사자, 하이로드, 아이언메이드, 악몽의 결정자, 위치엔드, 암막의 주인, 역천자…… 당신이 원한다면 그들에 대해서도 알려줄 수 있습니다."

"나는 당신이 다른 군주들을 음해했다고 생각하지는 않아요."

백현은 천천히 고개를 저으며 말했다.

"이간질이라고 생각하지도 않고."

"그러면?"

"그런 거 있잖아요. 싸가지 없는 놈인 줄 알았는데, 알고 보면 착한…… 뭐 그런 거? 앞뒤가 다르다기보다는 인간 상성이라고 해야 하나…… 성격?"

백현은 잠시 말을 고민하다가, 파- 하고 웃었다.

"그냥 내가 직접 만나보고 느끼는 게 재밌을 것 같아요."

"모든 군주와 만나보고 싶다?"

백현의 말을 들은 퓨어세인트의 두 눈이 가늘어졌다.

"그 이유가 뭡니까? 당신의 말처럼, 내가 말하는 군주들의 성격은 절대적이라고 할 수는 없습니다. 나한테는 음험하고 위험한 흑장미의 여왕이 당신에게는 상냥할 수도 있고, 타고난 포식자인 재생의 뱀도 당신에게는 송곳니를 보이지 않을지도 모르지요. 하지만."

퓨어세인트가 찻잔을 내려놓았다.

"오만하고 잔인하고 인간을 혐오하고 경멸하고 무시하고 욕심이 많은 무령은, 당신에게도 똑같았습니다. 본성이 선한 군주도 어쩌면 당신을 적대할지도 모릅니다. 그런데도 당신은 군주들을 직접 만나보고 싶은 겁니까?"

"네."

"당신은 그들보다 약합니다."

퓨어세인트는 무덤덤한 목소리로 그렇게 고했다.

"무령의 예비 사도를 쓰러뜨렸다고 너무 자만해 있는 것 아닙니까. 당신이 인간답지 않을 정도로 강한 것은 사실이지만……"

퓨어세인트의 눈이 가늘어졌다. 꿰뚫는 것 같은 안광이 백현을 직시했다.

"당신의 힘은 사도에 필적. 상대에 따라서는 그 이상일 수도 있겠군요. 하지만 그 격차가 크지 않아요. 어떤 군주를 모시느냐에 따라서, 사도 중에는 당신보다 강한 존재도 있을 겁니다."

"사도라고 해봐야 네 명이잖아요."

용성군의 사도 라이 룽. 혈사자의 사도 카르파고. 악몽의 결정자의 사도인 샤나크. 퓨어세인트의 사도 드레이브.

"예비 사도 중 하나는 죽었고."

하이로드의 예비 사도 진 웨이. 아이언메이드의 예비 사도 발렌시아. 위치엔드의 예비 사도 리셀.

"당신은 군주들을 모릅니다."

퓨어세인트가 고개를 저었다.

"그들의 권속은 인간뿐만이 아닙니다. 당신이 경계해야 할 것은 인간보다는 그들일 겁니다."

퓨어세인트의 말을 듣고서 백현은 환한 미소를 지었다.

"그렇게 말하니 더 좋은데요."

"……무슨 말입니까?"

"나도 알아요. 군주들이 엄청나게 강하다는 것쯤은. 아까도 느꼈어요. 내가 '진짜' 무령과 싸웠다면, 죽었겠죠."

"그것을 알면서도 다른 군주를 만나보겠다는 겁니까?"

"아니까 더더욱."

백현의 목소리가 낮아졌다.

"나보다 강하다는 것을 아니까, 그래서 더 만나고 싶은 거예요. 지금의 내가 그들보다 약하다는 것은 전혀 문제가 되지 않아요. 나는, 더, 더, 더 강해질 수 있으니까. 지금 내 힘이 사도에 필적한다. 그 정도밖에 안 된다. 사도보다 더 위험한 놈들이 있다. 군주는 비교도 할 수 없이 강하다."

가슴이 뛰었다.

"멋진 일이잖아요."

백현은 진심으로 그렇게 말했다. 파천신화공이 5성에 이르고서 좀처럼 수행의 방향성을 잡지 못하고 있었다.

적수가 필요했다. 패배가 필요했다. 맞부딪쳐 깨져 버리고 싶었다. 깨지고 또 깨지는 것을 반복해 가며 자신을 단련하고 싶었다. 그리고 더 이상 깨지지 않게 되었을 때, 상대와 부딪혀 산산조각내고 싶었다.

"나를 패배시킬 상대가 그토록 많다는 건 멋진 일이에요."

"……이해할 수 없는 말입니다. 그들은 당신을 죽일 수도 있는데."

"그럼 내 그릇이 그 정도밖에 안 되는 거겠죠."

백현은 자신의 손을 내려 보았다. 진한 흥분으로 손끝이 떨리고 있었다. 퓨어세인트는 잠깐 동안 침묵하며 백현을 바라보았다. 곧, 그녀는 알 수 없는 미소를 지으며 고개를 끄덕거렸다.

"그 역시 당신의 선택이겠지요."

퓨어세인트가 몸을 일으켰다.

"당신과의 만남은 즐거웠습니다."

티 테이블이 사라졌다.

백현은 퓨어세인트를 물끄러미 보다가 물었다.

"뭐 하나만 부탁해도 되나요?"

"어떤?"

백현은 히죽 웃으며 주먹을 들어 올렸다. 그것을 본 퓨어세인트가 고개를 저었다.

"당신과는 싸우지 않습니다."

"날 죽일까 봐?"

"싸우고 싶지 않은 겁니다."

그 말에 백현은 아쉬움에 혀를 차며 들었던 주먹을 내렸다. 그냥 앞뒤 가리지 않고 한 대 갈겨볼까, 순간 그런 생각이 들었지만, 그만두었다. 전의(戰意)가 조금도 없는 상대에게 억지로 싸움을 걸고 싶지 않았다.

"언젠가 다시 만날 수 있으면 좋겠군요."

백현은 그 말을 들으며 문고리를 손으로 잡았다. 다시 만날 수 있을까. 백현은 피식 웃었다.

"제가 안 죽고 살아 있으면 만날 수 있겠죠."

"아."

백현이 문고리를 돌리기 전에 퓨어세인트가 목소리를 냈다.

"그 말이 제 마음에 조금 걸리는군요. 그러니, 마지막으로 당신을 위해 조언 하나를 해드리겠습니다."

퓨어세인트는 빙그레 웃으며 백현을 보았다.

"무령의 영지 쪽으로는 가지 말도록 하세요. 무령의 영지에 가까워진다는 것은…… 그만큼 무령의 영향력이 강해진다는 뜻입니다. 어쩌면 무령이 무리해서 철혈궁의 문을 열어, 신장들을 내보내 당신을 죽이려 들지도 모릅니다."

"철혈궁? 그게 뭐예요?"

"무령의 영지입니다. 신장은 무령을 따르는 괴물들이지요."

백현은 문고리를 돌리면서 웃었다.

"제가 어떤 사람인지 아마 파악했을 텐데."

닫혀 있던 문이 열렸다.

"내가 그 말을 들으면."

열린 문으로 들어가면서, 백현은 마지막으로 퓨어세인트를 보았다.

"철혈궁 쪽을 피할 것 같아요, 아니면 굳이 그쪽으로 갈 것 같아요?"

퓨어세인트는 대답하지 않고 미소만 지었다. 마치 백현이 그렇게 나올 줄 알고 있었다는 듯이.

6장
쪽팔리게

퓨어세인트의 성역을 나왔을 때. 주변은 여전히 폐허였다. 그나마 싸움을 빨리 끝냈기에 이 정도 피해로 그친 것이지, 더 오래 싸웠더라면 이 정도 피해로 끝나지 않았을 것이다.

백현은 쩝- 하고 입맛을 다시며 박살 나고 뒤집어진 땅들을 향해 손을 뻗었다. 그러자 백현의 손짓에 따라 땅이 다시 평평해졌다.

'박준환을 죽였다고 자진 신고라도 해야 하나?'

백현은 잠시 그런 고민에 빠졌다. 현실의 법은 어비스에서의 범죄를 처벌하지 않는다.

하지만 아무리 그래도 박준환을 죽였다는 것 정도는 알려야 하는 것이 아닐까.

[……진짜냐?]

그에 대해 묻기 위해 전화를 걸자, 서민식은 어안이 벙벙한 목소리로 대답했다.

"내가 거짓말을 왜 하겠냐?"

[아니…… 아니, 진짜로. 네가 박준환…… 그 아저씨…… 죽었다고?]

"응."

백현은 시큰둥한 목소리로 대답했다. 박준환과 싸우고 퓨어세인트를 만나며 시간을 보낸 덕에, 어느새 정오가 훌쩍 넘어 있었다. 덕분에 배가 꽤 고파서, 백현은 새벽에 서민식과 먹다 남은 족발을 데워 먹었다.

[대체 왜 죽여?]

서민식이 이해할 수 없다는 투로 물었다.

'뭐라고 대답해야 하지?'

백현은 잠시 고민하다가, 그냥 솔직하게 말하기로 했다. 다른 사람도 아니고 서민식이니, 숨길 이유가 없었다.

백현이 이야기하는 동안 서민식은 아무런 말도 하지 않았다. 결국, 퓨어세인트와 만났다는 이야기까지 하자, 한참 동안 침묵하고 있던 서민식이 간신히 목소리를 쥐어짰다.

[……그러니까, 박준환…… 그 새끼가 먼저 너를 죽이려고 했다는 거네.]

"그렇지."

[그리고 그 새끼가 나 가지고 너를 협박했고.]

"응."

[그거참 기분 ×같······.]

서민식의 말이 뚝 멈추었다. 뭐야? 백현은 당황한 서민식의 목소리를 들으며 씹던 족발을 삼켰다.

"야, 왜? 무슨 일 있어?"

"자, 잠깐. 갑자기 뭐야?"

서민식은 귓가에 대고 있는 핸드폰을 내려놓았다. 그는 손으로 머리를 쥐어뜯으며 얼굴을 일그러뜨렸다.

핸드폰에서 들리는 백현의 목소리가 잘 들리지 않았다. 그 정도로, 그의 머릿속은 '다른' 소리로 가득 찼다.

[템페스트가 분노합니다.]

[템페스트가 미쳐 날뜁니다.]

[템페스트가 무령에게 강렬한 살의를 느낍니다.]

이런 일은 처음이었다. 서민식이 템페스트와 계약한 후로,

템페스트는 서민식에게 이렇다 할 반응을 보여준 적이 없었다.

그래도 레벨은 꽤 잘 올랐고 권능도 이것저것 많이 받기는
했지만, 서민식은 정수나 다른 헌터들처럼 군주에게 직접
계시를 받은 적은 한 번도 없었다.

그래서 내심 템페스트에게 불만을 가지고 있었다. 사도로 선
택되는 것은 군주와 계약 한 모든 헌터의 목표라고 할 수 있나.

서민식 역시 최종적으로는 템페스트의 사도가 되는 것이
목표였다. 하지만 여태까지 한 번도 계시를 받은 적이 없어서,
아무래도 자신에게는 사도가 될 자질 같은 것은 없는 모양이
라고 내심 포기하고 있었다.

그렇기에 서민식은 더욱 의외라는 기분을 느낄 수밖에 없었
다. 여태까지 한 번도 계시를 내린 적이 없는 자신의 군주가,
왜 갑자기 이렇게 노골적인 분노를 내비친단 말인가?

[야! 너 괜찮아?]

"어, 어어. 괜찮아."

서민식은 간신히 대답했다. 머릿속을 가득 채웠던 목소리는
어느덧 잦아들었다. 서민식은 지끈거리는 두통을 느끼면서 내
려놓았던 핸드폰을 다시 들었다.

"템페스트가…… 어…… 이걸 뭐라 해야 해? 방금 좀, 이상
했어."

[뭐 어떻게 이상했다는 거야?]

"분노해서, 미쳐 날뛰고…… 무령에게 적의를 느끼고. 뭐 이런 목소리들이 내 머릿속에 들렸거든."

[퓨어세인트가 그러더라.]

"뭐?"

[템페스트가 널 엄청 총애하고 있다고 말이야. 그래서 다른 군주나 사도들도 널 건드릴 수가 없을 거래. 박준환이 한 말은 그냥 날 도발하기 위한 말이었을 거라면서.]

백현의 말에 서민식이 두 눈을 끔벅거렸다. 그 역시 이해할 수가 없는 말이었다.

"총애?"

서민식은 그렇게 중얼거리면서 손으로 관자놀이를 꾹 눌렀다.

"그게 대체 무슨 말이야?"

[말 그대로야. 템페스트가 너를 유별나게 총애하고 있다고. 그래서, 템페스트랑 전면전을 벌이겠다고 마음먹지 않은 이상 사도나 군주가 너를 건드릴 수는 없을 거래.]

"아니, 그게 말이 돼? 그렇게 총애하는데 왜 사도로 선택하지 않는 건데?"

[사도의 선정은 군주마다 그 기준이 다르다는데. 네가 그 기준에는 맞지 않나 보지.]

백현의 대답을 들으며 서민식은 헛웃음을 터뜨렸다. 말도 안 되는 소리란 생각이 들었다.

그렇게 총애하고 있으면서도 사도로 삼지 않는다? 기준에 맞지 않는다고?

서민식은 갑자기 확 하고 짜증이 밀려오는 것을 느꼈다.

그는 크게 심호흡을 하면서 백현에게 말했다.

"일단. 박준환, 그 새끼에 대해서는 티 내지 말고 있어 봐. 주변에 목격자도 없었다며?"

[멀리서 기척이 있기는 했어.]

"그건 일단 신경 쓰지 마. 어비스에서의 범죄는 현실의 법으로 어떻게 처벌 못 해. 그리고 이게 X발 범죄라고 할 일이냐? 네가 무턱대고 조진 것도 아니고, 그 새끼가 먼저 너 죽이려고 한 거잖아. 나 붙들고 협박까지 해가면서!"

그 사실조차도 서민식의 기분을 역겹게 만들었다.

"……일단 내가 지금 너희 집으로 갈게. 그보다 앞으로 어쩔 건데? 무령, 그 새끼…… 이번 일로 널 X같이 생각할 것 아냐? 앞으로 너 어떻게 더 조지려 하는 것 아냐?"

[무령이 직접 오지는 못할 거야.]

백현이 대답했다.

[만약 그게 가능했다면 진즉에 직접 와서 나를 어떻게 하려 했겠지. 이번만 해도 박준환의 몸을 써서 강림했었고, 그조차도 몇 분 버티지 못했어.]

"그럼?"

[뭐, 어떻게 될지는 나도 잘 모르지. 새로운 사도를 구하려나?]

"사도가 그렇게 쉽게 만들어지는 거냐?"

서민식이 투덜거렸다.

"퓨어세인트는 만났고, 이젠 어비스에서 뭐할 건데?"

[글쎄다. 이 근처에서는 용성군의 영지가 가깝기는 해. 그쪽으로나 좀 가볼까.]

"가면 만나주긴 해?"

[그걸 잘 모르겠다, 이 말이지.]

"……차라리 너도 나처럼 미조사 지역이나 탐색해 보는 것이 어떠냐?"

서민식이 넌지시 물었다.

[미조사 지역?]

백현은 그렇게 되물었다.

"우선, 널 확실하게 만나고 싶어 하는 군주는 퓨어세인트랑 흑장미여왕이었잖아. 그런데 흑장미여왕의 영지가 어디에 있는지는 퓨어세인트도 알려주지 않았고. 그렇다고 여태까지 어비스에서 흑장미여왕의 영지가 발견된 것도 아니니까……. 만약 흑장미여왕의 영지가 존재한다면, 미조사 지역 쪽에 있겠지. 어비스는 넓으니까."

[흠.]

"딱히 서둘러야 할 이유가 있는 것도 아니잖아. 네 말대로라면, 지금의 너는 아직 군주들보다 약하다는 건데, 군이 군주들의 영지를 찾아가서 뒤질지도 모를 싸움을 할 이유가 뭐가 있어?"

[그게 재미있으니까.]

"닥쳐, 미친놈아. 너는 재밌어도 나는 재미없어. 네가 군주랑 싸우다 뒤지면 내가 복수해 줄 수도 없잖아. 그러니까 그냥 좀, 천천히 해봐. 천천히…… 그리고 미조사 지역을 탐색하는 것도 꽤 재미있다고. 이쪽에 출현하는 몬스터들은 여태까지 조사 된 몬스터들보다 압도적으로 강해."

[그래?]

서민식의 그 말에는 백현도 즉시 반응해 관심을 보였다.

"당연히 강할 수밖에. 여기는 판데모니엄에서 가장 먼 곳이니까…… 판데모니엄에서 멀어질수록 몬스터가 강해지는 것은 당연한 거야."

[그럼 나도 미조사 지역이나 탐색해 볼까.]

"괜히 내 말 듣고 바로 어비스 들어가진 말고, 좀 기다려 봐. 내가 관리국에서 의뢰받아서 너한테 넘겨 줄…… 아니, 아니다. 내가 금방 너희 집으로 갈 테니까 나올 준비하고 있어."

[뭐? 우리 집은 왜?]

"그냥 하라면 좀 해 새끼야."

[야 그리고, 의뢰? 뭐하러 그렇게 해? 그냥 내 발 가는 대로

2

가면 되는 것 아니야?]

"그게 X발 효율이 구리잖아. 관리국에는 조사 의뢰받은 헌터들한테 특수한 지도를 나눠주고 있어. 조사 헌터는 그 지도에서 밝혀지지 않은 부분을 중심적으로 탐색하고, 만나는 몬스터들도 파악하는 거야. 실적에 따라 돈도 주는데 이게 되게 짭짤해. 그만큼 위험하지만."

[그러면. 너랑 같이 다니는 거냐?]

"아니."

서민식은 굳은 얼굴로 대답했다.

"나랑 같이 다닐 필요는 없지."

얼마 지나지 않아 통화를 끊었다. 서민식은 액정에 뜬 백현의 이름이 사라지는 것을 보다가, 빠득 이를 갈았다.

욱하고 올라온 기분에 핸드폰을 집어 던지려다가 참았다. 그는 들어 올린 팔을 내리고서, 크게 심호흡을 했다.

"쪽팔리게."

기분이 엿 같았다. 도움이 되지는 못할망정 발목이나 잡아 버렸다. 이유가 어쨌든, 자신의 존재가 백현에게 협박으로 쓰일 수 있다는 것이 서민식으로 하여금 강렬한 분노를 느끼게 하였다.

서민식은 크게 숨을 내뱉으면서 테이블에 올려 둔 담배를 집어 들었다. 베란다로 나가 담배를 피우며, 백현에게 들은 이야기를 정리했다.

템페스트의 총애······. 서민식은 연기를 길게 뿜으며 담뱃재를 털었다. 그는 아까 전, 머릿속을 가득 채웠던 템페스트의 반응을 떠올렸다.

"대체 왜 사도로 삼지 않는 거야?"

베란다에 있는 것은 서민식 혼자였지만, 그는 굳이 목소리를 내어 그렇게 중얼거렸다. 템페스트가 듣기를 바라면서.

"나를 그렇게 총애한다며? 나 죽이면 다른 군주랑 전쟁까지 벌일 정도로. 얘기 들은 것만으로 미쳐 날뛸 정도로 날 총애하면서, 대체 왜 나를 사도로 삼지 않는 거야?"

하지만 머릿속에는 아무런 목소리도 들리지 않았다. 아까 전까지는 머리가 깨질 정도로 떠들어댔으면서.

"다른 새끼들은 내 레벨쯤 되면 군주한테 계시 한 두 번쯤은 받아. 이번에 정수아만 해도, 재생의 뱀이 시켜서 귀면주라는 몬스터 잡으러 갔다고. 귀면주 독이 정수아 능력을 키우는 것에 도움이 되니까."

서민식은 재떨이에 걸친 담배를 입에 물었다.

"어떤 새끼는 군주한테 신물(神物)을 하사받은 적도 있어. 혈사자의 사도인 카르파고. 그 새끼는 아직 사도가 되기 전에, 혈사자한테 아신검(亞神劍) 바알을 받았지. 내 친구는 계약도 하지 않은 재생의 뱀한테 옷을 한 벌 받았고. 그런데, 댁은 나한테 대체 왜 아무것도 안 주는 거야?"

템페스트는 대답하지 않았다. 그 침묵이 마음에 들지 않았다.

"그러면서 나를 총애한다고? 앞뒤가 안 맞잖아, 앞뒤가. 아티펙트도 안 줘, 계시도 안 줘. 그런데 총애라니…… 하하! 애당초, 나는 댁이 왜 나를 총애하는지도 모르겠어. 내가 그렇게 잘났나?"

서민식은 큰 소리로 이죽거리면서 재떨이에 담배를 지져 껐다. 그는 뿌연 연기를 한 번 노려보다가, 확하고 몸을 돌렸다.

"들었으면 말이라도 좀 해. 진짜 짜증 나니까."

[템페스트가 당신을 우울한 눈으로 바라봅니다.]

"……우울? 우울은 ×발……."

그래도 듣고는 있었네. 서민식은 주머니에 손을 찔러 넣고서 베란다를 나왔다.

"난 내 친구한테 쪽팔리기 싫어."

드레스 룸에 들어가 대충 옷을 꺼내 입었다.

"특히, 내가 별짓 안 했는데…… 내 존재가 그냥 그 새끼의 발목을 잡게 되는 거. 그게 진짜 싫어."

손목시계를 차고, 선글라스를 꼈다.

"그러니까, 기왕이면 내가 안 쪽팔리게 도와주세요. 템페스트 님."

이번에 템페스트는 반응을 보이지 않았다.

"님은 무슨. ×같은 템페스트."

욕을 해도 반응은 없었다. 서민식은 아파트를 나와 지하 주
차장으로 내려갔다.

늘어선 스포츠카 중에서 하나를 골라 탄 뒤에, 백현의 집을
네비로 검색했다.

"박준환을 죽였다라……."

서민식의 얼굴이 일그러졌다.

"새끼, 진짜 세네."

서민식의 람보르기니가 지하 주차장을 빠져나왔다.

7장
정당방위

어비스가 처음 나타났을 때. 세상 사람들은 어비스와 군주들, 헌터, 몬스터 등의 이상 현상에 빠르게 적응하면서 그들을 통제할 수 있는 최소한의 목줄을 필요로 했다.

그 최소한의 목줄이 어비스 관리국이었다. 모든 사람이 어비스에 들어가 헌터가 될 수 있는 것은 사실이지만, 사람의 재능은 평등하지 않다.

모든 사람이 헌터가 될 수 있다고는 하나, 정말로 '헌터'로서 살아갈 수 있는 이들은 극소수에 지나지 않는다.

국제기구인 어비스 관리국은 그런 '헌터'들에게서, 헌터로서의 삶을 선택하지 못하거나, 선택하지 않은 '일반인'들을 보호한다.

그렇다고 그들이 무조건적으로 일반인을 위한 단체인 것은 아니다. 어비스 관리국은, 얼핏 들으면 우습게 들릴지도 모르겠지만 '세상의 평화'를 목적으로 존재하고 있다.

헌터는 점점 늘어나고, 그 힘이 강해지고 있다. 당장 최상위 레벨의 헌터는 더 이상 '개인'이라고 말할 수 없는 무력을 보유하고 있다.

그런 헌터들은 매달 말일 어비스를 통해 현실에 나타나는 몬스터나, 미지의 세계인 어비스를 탐색하는 것에 반드시 필요한 존재들이다. 그러면서도 같은 인간을 위협하는, 어찌 보면 몬스터들보다 위험한 존재들이기도 했다.

어비스 관리국은 헌터들을 통제하고 있다. 어비스에서 벌어지는 일까지는 책임지지 못하더라도, 현실에서 벌어지는 일을 책임지기 위해 많은 노력을 들이고 있다.

그들은 자체적으로 헌터를 고용해 어비스의 미조사 지역 탐색을 의뢰하기도 하고, 낙후된 국가에 헌터들을 파견하여 어비스의 몬스터를 토벌하기도 한다.

헌터가 모은 코인을 현실의 화폐로 환전해 보수를 지급하는 것도 관리국의 가장 큰 역할 중 하나다.

"박준환이 죽었다…… 라."

삼성동에 위치한 한국 어비스 관리국. 그곳의 국장을 맡은 사람은 전태수라는 이름을 가진 40대 남자였다. 그는 서민식과 마주 앉아, 어떤 표정을 지어야 할지 잠시 고민했다.

서민식. 4년 전, 어비스가 처음 나타났을 때. 템페스트와 계약하고 권능을 받아, 큰 활약을 보인 헌터. 만약 4년 전에 서민식과 박준환, 정수아가 없었더라면 화천 어비스에서 기어나온 몬스터들로 인해 많은 피해가 발생했을 것이다.

사실 전태수 역시 그 혼란의 시기에 활동했던 헌터 중 하나였으나, 그는 현역에서 물러나 한국 어비스 관리국의 국장이 되었고, 서민식은 아직까지 현역에서 활동 중이다.

본래 국장인 전태수가 일개 헌터와 독대하는 것은 우스운 꼴이지만, 상대가 서민식이라면 이야기가 다르다.

전태수의 현역 시절이라고 해 봐야 고작 3, 4년 전이고, 그 시절에 함께 어비스를 다니며 쌓은 친분도 있다. 그를 제외하고서도, 서민식 정도의 헌터가 중요한 일이라며 독대를 요청하는데 거절할 수는 없었다.

그런데, 서민식이 전한 말이 너무 충격적이다.

"정당방위입니다."

서민식은 전태수를 똑바로 바라보면서 말했다. 전태수는 서민식의 말을 들으며, 그의 곁에 앉아 있는 백현을 힐긋 보았다.

백현에 관한 이야기는 전태수도 전해 들었다. 화천에서의 영상도 보았다. 보고도 믿기지 않아 관리국의 정보도 다시 확인했고, 영상도 몇 번이나 다시 확인했다.

절차를 밟아 접촉할까 하다가, 일단은 두고 보자고 결정을 내렸는데. 설마 이런 식으로 만남의 첫 단추를 끼우게 될 줄은 몰랐다.

"······그러니까, 백현 씨."

"편하게 말씀하세요."

전태수가 말을 걸자, 백현은 빙긋 웃으며 그렇게 대답했다. 하지만 전태수는 말을 낮추지 않았다.

"아니, 괜찮습니다. 저는 이렇게 말하는 것이 더 편해요. 일단은······ 확실히 해둡시다. 백현 씨. 제가 들은 것이 전부 사실입니까?"

"네."

백현은 고개를 끄덕거렸다. 서민식과 함께 삼성동의 어비스 관리국에 온 뒤, 대화는 일사천리로 진행되었다.

서민식은 백현의 대변자로서 전태수에게 박준환의 죽음을 알렸고, 백현은 일단 지금까지는 얌전히 입을 다물고 있었다.

"박준환······ 그 친구가 백현 씨와 어비스에서 만남을 가졌고, 서민식 씨를 두고서 백현 씨를 협박했다고요."

"네."

"처음에는 백현 씨를 무령과 계약시키려 했지만, 백현 씨가 그를 거절하자 협박. 공격······."

"정당방위잖아요. 죽이려 드는데 얌전히 죽었어야 해요?"

서민식이 미간을 찡그리며 내뱉었다. 전태수는 그런 서민식을 힐긋 보았다.

"서민식 씨. 당신의 기분도 이해하는 바이지만, 일단은 백현 씨의 일이니까……."

"네, 알았어요. 얌전히 있죠."

서민식은 그렇게 말하고서 소파에 몸을 깊이 파묻었다. 얌전히 있겠다고는 했지만, 서민식의 두 눈은 여차하면 다 뒤집어버리겠다는 의지를 숨기지 않고 있었다. 오히려 당사자인 백현이 전태수가 이해할 수 없을 정도로 놀랍도록 차분했다.

"……정당방위인 것은 사실이지만…… 살인인 것도 사실이죠."

"국장님."

"기다려요, 아직 제 말 안 끝났어요. 중요한 것은 이겁니다. 그 사건이 어비스에서 벌어졌는가, 현실에서 벌어졌는가."

서민식이 발끈하기 전에, 전태수가 손을 들어 그를 제지하고 나섰다.

"관리국에는 불법을 저지른 헌터를 처벌하기 위한 특수 부대가 존재합니다. 현실에서 범죄를 저지른 헌터들. 만약 그들이 어비스로 도주한다면 추격해 구속하는 헌터들이죠."

"그럼 많이 세겠네요."

백현이 중얼거렸다.

그 말에 전태수는 순간 말문이 막혀 백현을 바라보았다. 대화의 흐름이라는 것에서 툭 튀어나와 어긋난 것만 같은 대답이었기 때문이다.

하지만 백현은 오히려 전태수의 시선에 고개를 갸웃거렸다.

"왜요? 그런 일을 하려면, 당연히 세야 하는 것 아니에요?"

"세긴······ 예······ 세야죠. 하지만 전력은 언제나 부족해요. 그러다 보니, 범죄를 저지른 헌터에게는 현상금을 걸고서 다른 헌터들의 지원을 받는 경우가 많습니다. 그쪽이 여러모로 합리적이기도 하고요."

전태수는 그렇게 대답하고서, 낮게 헛기침을 했다.

"우선, 백현 씨. 이 일은 어비스 관리국의 소관은 아닙니다. 예, 어쩔 수 없어요. 백현 씨가 죽인 것은 일반인도 아니고, 현실에서 사건을 벌인 것도 아닙니다. 여태까지의 말이 사실이라면 먼저 백현 씨를 죽이고자 했던 것은 박준환 그 친구잖아요."

"그러면?"

"하지만 문제는 박준환, 그 친구가 평범한 헌터가 아니라는 겁니다."

박준환이 어디에나 있는 흔해 빠진 헌터라면, 서민식이 백현을 데리고서 이곳에 관리국에 찾아와 국장인 전태수를 만나고 있지도 않을 것이다.

한국은 헌터 강국이 아니다. 그런 시국에 박준환이 무령의 예비 사도가 되었다. 덕분에 박준환은, 과거 올림픽을 휩쓸었던 스포츠 스타들이나 한류 스타들처럼 한국의 자랑이라고까지 불리고 있었다.

"확인이 필요해요."

"어떻게요?"

"마법이죠."

전태수가 손을 들어 올렸다.

키이이잉.

그의 손바닥 위에서 영롱한 색을 발하는 빛의 구체가 만들어졌다.

"하이로드의 마법 중 하나로, 전 이것을 통해 백현 씨의 기억 일부를 확인할 겁니다. 물론 전부를 확인하지는 않아요. 프라이버시는 존중되어야 하니까요. 하지만, 이번 사건에 관해서는……."

"어떻게 하면 돼요?"

'마법'이라는 말에 백현은 호기심으로 두 눈을 빛내면서 전태수를 보았다.

전태수는 조금의 주저함도 없는 백현의 두 눈을 보며 내심 당황했다. 아무리 보아도 사건의 당사자로서 이곳에 와 있는 것 같지가 않았다.

"……간단합니다. 구체를 손으로 잡아, 당신이 겪은 일을 떠올리면 됩니다."

"내가 거짓 기억을 떠올리면요?"

"만약 그렇다면 제가 알아차릴 수 있을 겁니다.

전태수가 확신에 찬 목소리로 답했다. 백현은 히죽 웃으며 전태수가 건넨 구체를 양손으로 잡았다.

거짓 기억은 떠올리지 않았다. 백현은 박준환에게 전화가 왔던 것, 그와 어비스에서 만난 것. 박준환과 어비스에서 싸우고, 무령이 강림한 것과…… 박준환의 몸이 그를 견뎌내지 못하고 터져나간 것. 그 모든 것을 전태수의 마법을 통해 담아냈다. 거짓은 없었다.

전태수는 백현이 담은 기억을 보고서 한참 동안 아무런 말도 할 수가 없었다. 박준환의 죽음은 더 이상 문제가 아니었다. 전태수는 믿을 수 없다는 표정을 지으며 백현을 보았다.

"저도 좀 봅시다."

서민식이 말했고, 전태수는 말없이 서민식에게 백현의 기억을 건네주었다. 한참 동안 그것을 들여 보고 있던 서민식은 복잡한 표정을 지으며 백현을 돌아보았다.

"이게 진짜 사람이야?"

서민식은 노골적으로 질색하면서 엉덩이를 들더니 백현과 거리를 두고 앉았다.

그러는 중에 간신히 동요를 진정시킨 전태수가 목소리를 쥐어 짜냈다.

"……이걸…… 어떻게 해야 할지…….

"너무 어렵게 생각하실 필요 없어요."

백현이 웃으며 말했다.

"보이는 그대로잖아요. 박준환과 무령이 절 마음에 들어 하지 않아 했고, 그래서 죽이려 했어요."

"……그게 문제인 겁니다. 어비스가 나타난 지 4년. 13 군주 중에서 이런 식으로 힘을 행사한 군주는 여태까지 한 명도 없었습니다."

"그만큼 제가 마음에 안 들었나 보죠."

"도대체 어떻게 그리 평온할 수 있는 겁니까?"

참다못한 전태수가 이해할 수 없다는 투로 물었다.

"당신에게 벌어진 일은 부조리하기 짝이 없는 일입니다. 13 군주, 무령이 예비 사도인 박준환을 시켜서 당신을 직접 죽이려고 했어요. 그게 잘되지 않자 박준환의 몸에 직접 강림까지 했고요! 그런 일을 겪었는데도 어떻게……."

"안 죽었잖아요."

백현이 전태수의 말을 끊었다.

"죽은 건 제가 아니라 박준환이고, 무령도 실패했어요."

"……화가 나거나, 억울하거나…… 그런 기분을 느끼지 않는 겁니까?"

"나도 사람인데 그런 기분을 안 느끼겠어요?"

전태수가 재차 묻자, 백현은 오히려 이상하다는 표정을 지었다.

"그런데, 그걸 느껴서 표현하면 뭐가 바뀌어요? 내가 막말로, 한번 엿 먹어보라고 무령이랑 계약한 헌터들 찾아다니면서 다 죽이고 그래야 해요?"

백현의 질문에 전태수는 아무런 대답도 할 수가 없었다. 상대는 13 군주 중 하나인 무령이었고, 그는 인간이 만나고 싶다고 해서 만날 수 있는 존재가 아니었다. 사실 만날 수 있다고 해도 그다음이 문제였다.

백현은 아직, 자기 자신이 무령과 제대로 싸우면 이길 수 없다는 것을 잘 알았다. 싸움은 해봐야 아는 것이라고 하지만, 십중팔구는 무조건 죽는다. 만에 하나? 그것은 싸움에서의 승리가 아니라, 간신히 목숨을 부지하고 도망치는 것이 고작이리라.

만약 백현이 무령을 죽이는 것에 성공한다면, 그다음도 문제다. 무령이 죽는다면, 그와 계약한 헌터들의 힘은 어떻게 되는 것인가?

전태수는 목구멍까지 솟은 한숨을 삼켰다. 서민식은 다시 백현의 옆에 찰싹 붙어서 전태수를 바라보았다.

"그래서. 어떻게 하실 거예요?"

"……박준환은 사고사로 처리하겠습니다."

전태수는 양손으로 얼굴을 덮었다.

"그나마 그것이 깔끔하겠군요. 예비 사도인 그가 누군가를 죽이려 들었다는 것도…… 13 군주 중 하나가 한 인간을 죽이기 위해 사도를 사용했다는 것도. 공표되면 좋지 않은 일들뿐입니다."

[하이로드가 당신의 결정에 만족합니다.]

전태수가 그렇게 말했을 때, 그는 머릿속에서 그런 목소리를 들었다. 실로 오랜만에 듣는 군주의 반응이었다. 그는 그것에 크게 당황해 멈칫 굳었다.

[하이로드가 저 인간의 이름을 기억합니다.]
[하이로드가 백현을 즐거운 기분으로 바라봅니다.]
[하이로드가 무령을 비웃습니다.]

'비웃는다……? 어째서? 같은 군주인데…….'

[당신의 생각에 하이로드가 불쾌감을 느낍니다.]
[하이로드가 시선을 거둡니다.]

"……음."

전태수는 당황을 숨기려 헛기침을 내뱉었다.

"그보다…… 백현 씨, 백현 씨는 앞으로 어쩌실 셈입니까?"

"그 건도 여기 온 이유 중 하나입니다."

서민식이 재빨리 끼어들었다.

"이 새끼. 국장님도 보면서 느꼈겠지만, 좀 또라이거든요."

"또라이는 무슨."

서민식의 말에 백현은 미간을 찡그리며 투덜거렸다. 하지만 서민식은 멈추지 않고 계속 말했다.

"그러면서 힘은 엄청 세고. 군주랑 계약도 안 해서 레벨 올리랴, 권능 받으랴, 사도 시련이니 뭐니 바쁘지도 않고."

"그렇다면…….'"

"게다가 길드 가입한 것도 아니고."

전태수는 서민식이 무슨 말을 하려는 것인지 이해했다. 그는 콧잔등에 걸친 안경을 올리며 두 눈을 빛냈다.

"관리국은 언제나 손이 부족한 곳입니다."

"그러겠죠."

"백현 씨가 원하신다면, 잡음 없이 타국의 어비스로 파견을 보내 드리겠습니다."

한국이야 어비스가 하나뿐이니 감당이 어렵지 않다. 하지만 아프리카 쪽은 넓은 땅덩이에 비해 어비스가 많고, 반면 헌터의 수는 그리 많지 않다. 그렇기에 관리국은 해외 파견의 형

2

태로 실력 있는 헌터들을 난국의 어비스로 보내는 징검다리 역할을 맡고 있었다.

"각국의 헌터들이 기회를 노리고 몰려드는 곳이라 위험 요소가 많기는 하지만, 백현 씨라면……."

물론 아프리카 쪽의 어비스가 마냥 기회의 땅인 것은 아니다. 그곳은 정말로 치외법권이라는 말이 딱 어울리는 곳이었다. 치안도 좋지 않은 데다, 아직 그쪽 지역은 반군과 테러리스트들이 즐비한 곳이다.

문제는 그들 역시 어비스에서 군주와 계약했다는 것이고, 관리국은 그쪽 지역의 헌터들은 제대로 통제하지 못하고 있었다.

그쪽에는 관리국을 통하지 않고 어비스에 들어간, 소위 말하는 '고스트'들이 판을 치고 있었다. 그 때문에 각국의 헌터들은 아프리카 쪽으로 파견을 나가는 것을 내켜하지 않는다. 괜히 욕심을 부렸다가 몬스터가 아닌 같은 인간에게 죽을지도 모르는 곳이니, 경쟁률이 높더라도 자국에 남는 것이 낫다고 여기는 것이다.

"그보다는 미조사 지역 탐사 의뢰를 받고 싶은데요."

외국에 가서 어비스의 몬스터를 잡는 것도 꽤 재미있을 것 같았지만, 백현은 고개를 가로저었다.

당장은 한국을 떠나고 싶은 마음이 없는 것이 가장 큰 이유이기도 했다. 백현의 대답에 전태수는 내심 실망을 금치 못했다.

백현 정도의 힘을 가진 헌터…… 아니, 애초에 그를 헌터라고 부르는 것이 맞는 일일지도 모르겠지만. 백현이 아프리카로 간다면, 그쪽의 자잘한 문제 따위는 관리국이 나설 것도 없이 말끔하게 해결될 것이라 생각한 탓이었다.

　"미조사 지역……?"

　"네, 관리국에서 의뢰를 받을 수 있다던데요."

　물론 서민식에게 들은 이야기다.

　"흠……."

　전태수는 잠시 고민하다가 태블릿 PC를 들었다.

　"어비스는 넓습니다. 4년 동안 많은 조사가 이루어졌지만, 아직 조사되지 않은 지역이 많아요."

　"그렇겠죠."

　"어비스의 조사는 중앙 도시인 판데모니엄을 기준으로 잡고 있습니다. 판데모니엄의 동서남북 성문 말입니다. 서쪽 성문 쪽은 이미 대부분 조사가 끝난 곳이고, 북쪽은……."

　"제가 하고 있죠."

　서민식이 말했고, 전태수가 고개를 끄덕거렸다.

　"미조사 지역의 탐색은 각국에서 최고라 꼽히는 헌터들이 도맡아 하고 있습니다. 그쪽은 정말 인간이 발을 들이지 못한 곳이라, 무슨 일이 벌어질지 알 수가 없어요. 몬스터들도 강력하고, 환경 자체가 인간이 살아가기 힘든 곳입니다."

세상에 헌터는 많다.

하지만 그중, 미조사 지역을 탐색할 만한 실력을 가진 헌터의 수는 정말로 몇 되지 않는다.

많은 헌터들 중 대부분은 이미 조사가 끝난 지역에서 몬스터를 사냥하며 레벨을 올리는 것에 주력하고 있고, 매달 말일 어비스에서 기어 나온 몬스터를 토벌하여 군주들의 관심을 노리고 있다.

"하지만 백현 씨라면…… 충분히 가능하겠군요."

통계상, 레벨 200이 넘는 헌터들은 토벌에서 두각을 보여도 섬기는 군주에게 별다른 보상을 얻지 못한다.

서민식과 정수아가 자연스레 토벌전에서 멀어진 것이 그 이유였다. 그렇다고 해서 미조사 지역을 탐색하는 헌터가 모두 레벨 200 이상인 것은 아니다.

한국에서만 해도 천왕이나 혈맹을 비롯한 대형 길드나 상위 헌터들은 말일을 제외하고서는 미조사 지역 탐색에 주력하고 있다.

특히나 토벌 경쟁에 환멸을 느끼거나, 후발 주자들에게 기회를 주고자 물러난 베테랑들은 토벌보다는 미조사 지역 탐색에 주력하고 있었다.

물론, 천왕의 이석천처럼 그걸 오히려 기회 삼아 독식을 노리는 헌터와 길드는 한국뿐만이 아니라 세계적으로 많았다.

"특별히 원하는 방향은 있습니까?"

"남쪽."

백현은 웃으며 말했다.

판데모니엄의 남쪽.

철혈궁과 가까워지는 방향이 바로 그쪽이었다.

8장
밥 먹을 때는

몇 주 만에 돌아온 판데모니엄은 여전히 사람이 많아 북적거렸다. 전 세계에서 새로이 헌터가 된 이들이 희망의 끈을 놓지 않은 덕이었다.

"저기, 저거."

"그 사람이잖아!"

"코리아 슈퍼 헌터!"

쪽팔렸다. 알아봐 주는 것은 솔직히 기뻤지만, 코리아 슈퍼 헌터라는 말은 감탄보다는 비꼬는 것처럼 들렸다. 간간이 들리는 김치 파워라는 말을 들을 때마다 백현의 손끝은 바들거리며 떨렸다.

도원경에서 무공을 익히는 동안 김치는 입에도 안 댔다. 심

지어 스승과의 마지막 술상에도 김치는 올라간 적이 없었다. 현대로 돌아온 뒤로도 김치는 가끔 라면 끓여 먹을 때나 먹었다.

'김치 파워는 무슨.'

다가오는 사람들과 섞이고 싶지 않아 걸음을 재촉했다. 백현은 순식간에 판데모니엄의 중심가에 있는 한국 헌터 등록소에 도착했다.

백현이 들어오자, 안내 창구의 직원이 그를 알아보고 벌떡 몸을 일으켰다. 어딘가 눈에 익는다 했더니, 화천 어비스의 몬스터 토벌전에서 백현을 만류하던 그 직원이었다.

그녀는 백현을 보자마자 얼굴을 빨갛게 물들이더니, 어쩔 줄 몰라 하며 괜히 몇 걸음 뒤로 물러섰다.

"안녕하세요."

백현은 일단 그렇게 인사를 전하며 직원에게 다가갔다. 직원은 백현이 다가오자 흠칫 놀랐다가, 급히 머리를 끄덕거렸다.

"네, 아, 네! 안녕하세요!"

"여기서 또 보네요. 교대 근무인가 봐요?"

"네에…… 그때는 출입소에서 근무했고, 오늘은 여기예요."

직원이 심호흡을 하며 대답했다. 백현은 반가움을 느끼다가, 혹시나 하는 마음에 물었다.

"혹시, 그때 사인을 버린 것 아니죠?"

"아뇨, 아뇨, 아뇨, 아뇨. 안 버렸어요. 안 구겨지게 조심해서, 제 방에 났어요. 정말로요. 핸드폰만 있으면 사진도 보여 드릴 텐데……."

"진짜요? 그거 다행이네요. 난 해주면서 내심, 혹시 버리지 않았을까 걱정했는데."

"정말 안 버렸어요."

솔직히 그때는 귀신에 홀린 것만 같았다. 계약도, 권능도 없는 인간이…… 종이랑 펜을 손도 대지 않고 들어 올리고. 생각해 보면 그에 대해서 놀라지도, 묻지도 않았었다. 나중에 생각하고서야, '내가 그때 왜 그랬지?' 싶었다.

어쩔 수 없는 일이었다. 당시의 백현은 직원과 길게 실랑이를 하고 싶지 않았을뿐더러, 그녀가 이러니저러니 해도 자신을 걱정해 주고 있다는 것에 내심 기분이 좋았었다.

그래서 은근히 기세를 내비쳐, 그녀의 말문을 막아버렸던 것이다.

"미조사 지역 탐색 의뢰 때문에 오신 거죠?"

사실 그것 때문에 무리해서 오늘 근무에 들어왔다. 어떻게든 백현을 다시 만나보고 싶었기 때문이다. 직원은 서랍을 열어 서류 봉투를 꺼내, 백현에게 건네주었다.

"계약도 안 했고 레벨도 없는데, 이건 해도 괜찮아요?"

"그…… 죄송해요. 그땐 그러니까……."

"알아요, 나도 농담하는 거예요. 너무 그렇게 진지하게 받아들이지 마요. 내가 괜히 민망해지니까."

백현은 피식 웃으면서 서류 봉투에 손을 가져갔다. 그러자 그의 팔찌가 작은 진동을 발했고, 서류의 봉인이 툭- 하고 떨어졌다.

"사용법은 알고 계시나요?"

"들었어요."

백현은 서류 봉투 안에서 손톱만 한 크기의 칩을 꺼냈다. 그것을 손목의 팔찌로 가져가자, 팔찌가 빛을 발하며 칩을 집어삼켰다.

팔찌는 지갑의 역할 외에도, 관리국의 인증을 받은 헌터라는 것을 증명하는 쓰임새도 가지고 있다.

마법 공학의 산물인 팔찌는 거래가 불가능한 아티팩트였고, 칩은 팔찌의 기능을 업그레이드할 때 쓰인다. 칩을 집어삼킨 팔찌는 검은색에서 푸른색으로 바뀌었다.

관리국은 필요에 따라 헌터를 고용해 직접 의뢰를 맡기고 있다. 그렇게 관리국에게 의뢰를 받는 '퀘스트 헌터'라고 불리고, 퀘스트 헌터는 크게 세 종류로 나뉜다.

낙후된 국가로 파견되어 어비스에서 나온 몬스터를 토벌하거나 어비스 내의 위험 몬스터를 토벌, 때로는 관리국의 의뢰대로 몬스터의 소재를 대신 구해주는 몬스터 헌터.

범죄를 저지르고 어비스로 도주한 범죄자를 추격해 사냥하거나, 관리국에 등록하지 않고 어비스에 들어간 미등록 헌터를 사냥하는 현상금 헌터.

그리고 미조사 지역을 조사하는 조사 헌터.

사실 이름뿐이다. 관리국에게 의뢰를 받는다는 시점에서, 퀘스트 헌터는 저 세 가지 일 중에서 하고 싶은 일을 선택할 수 있다.

[어비스 네트워크에 접속합니다.]

팔찌에 내공을 불어넣자, 백현의 머릿속에서 그런 목소리가 들렸다. 평소에 들었던 목소리와는 다른 목소리였다.

[착용자를 확인합니다.]
[백현. 레벨 0. 한국 어비스 관리국의 인증이 확인되었습니다.]
[현재 백현 님의 헌터 랭크는 블루입니다.]
[현재 받을 수 있는 의뢰 목록을 불러옵니다.]
[한국 어비스 관리국의 의뢰가 있습니다.]
[판데모니엄 남쪽, 거주 구역 벨파르. 그곳을 거점으로 삼아 주변 지역을 탐색해 주십시오.]

"신기하네."

백현은 팔찌를 찬 손을 흔들며 중얼거렸다. 백현이 팔찌의 기능을 확인하는 동안, 직원은 선망에 찬 눈으로 백현을 보았다.

어비스 관리국의 의뢰를 받기 위해서는 헌터 레벨이 150이 넘어야 한다.

"백현 님이라면 랭크도 금세 올릴 수 있을 거예요."

"랭크 올리면 뭐 좋아요?"

"좋죠! 실적당 수당도 오르고, 세금도 줄어드는 데다가······ 관리국의 공방이 제작하는 고급 아티펙트도 원가에, 운이 좋으면 공짜로 받을 수도 있어요!"

직원은 대단하단 식으로 말했지만, 솔직히 백현은 들어도 별 감흥이 느껴지지 않았다. 아티펙트라는 것에 별 욕심이 없는 탓이었다.

"어쩌면 백현 님은, 한국 최초로 플래티넘 랭크를 달성할지도 몰라요."

블루, 레드, 실버, 골드, 플래티넘. 전 세계에 있는 퀘스트 헌터 중에서 플래티넘 헌터는 그 숫자가 고작 열 명이었다.

한국에서 가장 레벨이 높았던 박준환조차도 골드에 그쳤고, 서민식도 아직은 골드 등급이었다.

"그렇게 열심히 할 생각은 없는데."

"그래도 기왕 할 거 최고를 노려야죠!"

직원은 자기 일도 아닌데 열정에 찬 목소리로 외쳤다.

2

'플래티넘 랭크라.'

백현은 팔찌를 내려 보면서 쩝- 하고 입맛을 다셨다.

전 세계에 열 명도 안 되는 만큼, 플래티넘 랭크를 달성하기 위해서는 굉장히 많은 노력을 들여야만 했다. 미조사 지역 탐색은 물론이고 적극적인 몬스터 토벌, 거기에 범죄자 사냥까지.

'플래티넘 랭크 대부분은 사도인데.'

정식 사도로는 라이 룽과 카르파고, 드레이브, 샤나크. 예비 사도로는 진 웨이와 발렌시아가 퀘스트 헌터 중에서 플래티넘 랭크였다.

위치엔드의 예비 사도인 리셀은 이런 일에 별 관심이 없는지 아직도 실버 등급이었고, 플래티넘 등급인 여섯 명도 최근에는 관리국의 의뢰를 수행하지 않고 있다.

때문에 실질적으로 꾸준히 관리국의 의뢰를 받고 있는 플래티넘 등급의 헌터는 네 명뿐이었다.

일본의 호센, 러시아의 블라디미르, 중국의 옌, 영국의 체브. 다들 사도로 선택되지는 않았지만, 순수 레벨만 300이 넘어가는 탑 클래스의 헌터들이었다.

저 중 블라디미르는 미조사 지역의 조사보다는 현상금 헌터를 주력으로 하고 있었고, 나머지 셋은 서로 충돌하지 않고 사이좋게, 판데모니엄의 북쪽과 동쪽, 남쪽으로 흩어져 미조사 지역을 탐색하고 있었다.

그중 백현이 향하고자 하는 남쪽은 중국의 헌터, 옌과 그의 길드인 흑련회(黑蓮會)가 도맡고 있는 지역이었다.

물론 흑련회만 있는 것은 아니다. 백현과 마찬가지로 길드에 소속되지 않은 퀘스트 헌터와 길드, 퀘스트 헌터가 아니어도 레벨을 높이기 위해 찾아간 헌터와 길드들이 즐비하다.

퀘스트 헌터가 되어 팔찌의 기능이 업그레이드되면서, 지도 기능이 추가되었다. 사실 헌터들이 의뢰를 열심히 수행하지 않아도 퀘스트 헌터가 되기를 바라는 것은, 이 '지도'가 무척이나 유용하기 때문이다.

아이언메이드와 하이로드, 위치엔드의 마법이 결합되어 만들어진 팔찌와 지도. 퀘스트 헌터 전용의 지도는 상점에 유통되는 지도와는 비교가 안 될 정도로 고성능이다.

일일이 펼쳐 볼 필요도 없을뿐더러, 조사가 제대로 이루어지지 않은 지역은 새카맣게 칠해져 있다. 그런 부분은 '블라인드'라고 불리는데, 지역 조사가 끝날 때마다 블라인드가 사라진다. 그 외에도 지역에 출현하는 몬스터의 목록도 살펴볼 수 있었다.

'멀다……'

백현의 눈썹이 파르르 떨렸다. 남쪽 성문에서 조사 거점인 벨파르까지의 거리가 어마어마했다. 판데모니엄에서 성역까지 가는데도 일주일 가까이 걸렸는데, 벨파르까지 가려면 그 이상의 시간이 필요할 것 같았다.

'벨파르에서 철혈궁의 입구까지는…… 여기도 꽤 머네. 그리고 아직 조사가 다 끝나지 않았어.'

그것으로 움직일 방향은 잡혔다. 우선 벨파르에 간 뒤에, 그곳을 거점으로 삼고서 철혈궁 쪽의 블라인드를 지워가면 될 것이다.

"저, 저기. 잠시만요."

백현이 등록소를 나가려는 순간, 직원이 조심스러운 목소리로 백현을 멈춰 세웠다.

"네?"

"그…… 사, 사인 한 번만 더 받을 수 있을까요?"

"그때 해드렸잖아요?"

"거기에는 이름이 안 적혀 있어서……"

간신히 말하는 직원의 두 귀는 새빨갛게 물들어 있었다. 그것을 물끄러미 보던 백현은, 파! 하고 웃음을 터뜨리며 고개를 끄덕거렸다.

"그건 그렇네요. 이름이 뭐예요?"

"이, 이희민이에요."

백현은 즉석에서 사인했고, 마지막에 이희민의 이름 세 글자도 적어주었다.

걱정해 줘서 고마워요.

그렇게도 써주었다. 사인을 건네받은 이희민은 감격에 겨운
표정을 지으며 소중히 사인을 품에 끌어안았다.

"고맙습니다!"

"버리지 마세요."

"절대, 절대 안 버려요!"

이희민이 다짐하듯 말했다. 그녀는 퇴근 뒤에 백현의 팬카
페에 사인을 올리고, 부러움과 시기에 찬 댓글이 잔뜩 달릴 것
을 상상하며 등록소를 나가는 백현을 배웅했다.

"코리아 김치!"

"태권 가이!"

"타이즈를 입었잖아, 그는 슈퍼히어로야!"

등록소 밖으로 나오자 박히는 시선에, 백현은 다시 한번 쪽
팔림을 느꼈다. 태권 가이는 또 뭔가. 다 죽여 버리고 싶다, 그
런 은근한 기분을 꾹 누르면서 백현은 경공을 펼쳐 단숨에 남
쪽 성문까지 달려나갔다.

백현의 가슴 깊이 박힌 말 중 하나는 타이즈에 관한 것이었
다. 재생의 뱀이 준 사린 흑의는 여러모로 편한 옷이었지만, 몸
에 너무 달라붙는다는 것이 끔찍한 흠이었다.

결국, 백현은 상점에서 널찍한 무복을 하나 구입해 흑의 위

2

에 새로 입었다.

"또 한참 달려야겠네."

백현은 성문 너머의 광활한 평지를 바라보면서 한숨을 푹 내쉬었다.

"박준환…… 무령의 예비 사도. 그가 정말로 죽었다는 겁니까?"

하이로드의 예비 사도. 진 웨이는 감고 있던 눈을 떴다. 그는 머릿속에 들려온 계시를 다시 한번 생각하며, 두 눈을 찡그렸다.

그 질문에 진 웨이의 머릿속에서 하이로드가 답을 내려주었다. 진 웨이는 작게 혀를 차면서 팔짱을 꼈다.

"……하이로드. 나의 위대한 군주시여. 아직 완전한 사도가 아닌 저로서는, 당신의 의중을 헤아리기 힘들군요. 저에게 대체 무엇을 바라시는 겁니까?"

[하이로드가 웃음을 터뜨립니다.]

"만약 그 인간이 정말로 박준환을 죽인 것이라면, 저로서는 그를 감당하기가 힘듭니다."

[하이로드가 당신의 걱정을 이해합니다.]
[하이로드가 당신에게 관측자가 될 것을 명령합니다.]

"관측자라니."

하이로드의 요구에, 진 웨이는 긴 한숨을 내쉬었다.

"남쪽…… 귀찮고, 먼 곳이군요. 군주께서 망각하신 듯한데, 저는 남쪽 벨파르에 가본 적이 없습니다. 이동하려면 한참이나……"

[하이로드가 당신의 말을 무시합니다.]

"리셀을 찾는 것은 어찌합니까?"

[하이로드가 그 말에 짜증을 냅니다.]
[하이로드가 찾지도 못한 주제에 말이 많다고 꾸짖습니다.]

"너무 꼭꼭 숨어 있어서…… 게다가 역천자의 탐색은 어찌합니까? 이대로 가다가는 드레이브가 먼저 역천자를 찾아낼지도 모릅니다."

[하이로드가 고개를 흔듭니다.]

[하이로드가 당신을 재촉합니다.]

"알겠습니다."

재촉하는 군주의 말에, 진 웨이는 힘없이 몸을 일으켰다. 진 웨이가 욕조에서 일어나자, 곁에서 진 웨이의 시중을 들고 있던 여인들이 힘없이 눈을 깜빡거리며 그를 바라보았다.

"……군주시여. 하던 일은 마저 하고 가면 안 될까요?"

굳이 이름을 말하지 않아도, 얼굴만 보면 누구나 알 수 있는 세계적인 모델들. 그들은 흐리멍덩한 눈으로 진 웨이를 보며, 그의 취향에 딱 맞는 옷들을 입고 있었다.

진 웨이가 꿀꺽 침을 삼키며 묻자, 그의 머릿속에서 다시 하이로드가 짜증을 냈다.

[하이로드가 쓸데없는 짓에 시간을 낭비하지 말라고 쏘아붙입니다.]

"쓸데없는 짓이라니. 인간에게 얼마나 중요한 일인데……."

진 웨이는 억울한 목소리로 투덜거리면서 엄지와 검지를 딱 부딪쳤다. 그러자 진 웨이에게 정신이 제압되어 있던 모델들의 두 눈에 빛이 들어왔다.

"뭐, 뭐야?"

"진 웨이? 당신…… 아니, 이, 이게 뭐예요?"

"쉿."

진 웨이는 놀라 외치는 모델들을 보면서 입술에 검지를 붙였다. 그러자 비명을 지르려던 모델들의 입술이 동시에 닫혔다.

"급한 일이 있어서 다녀와야 할 것 같으니, 다음에 연락하지. 그때까지 몸 관리 잘하고 있어. 준 옷들 버리지 말고."

"……네."

"알겠어요."

진 웨이가 소곤거리며 말하자, 모델들은 얌전히 고개를 끄덕거리며 대답했다.

진 웨이는 아쉬움이 듬뿍 묻어나오는 눈으로 모델들의 풍만한 여체를 힐긋거리다가, 한숨을 푹 내쉬었다.

"밥 먹을 때는 개도 안 건드린다던데."

그는 투덜거리면서도 로브를 걸쳤다.

남쪽 벨파르.

가본 적 없는 곳임을 둘째 치고, 하던 일도 다 끝내지 못하고 가려니 정말 내키지 않았다.

**9장
차라리**

박준환의 실종이 공표되었다. 말이 실종일 뿐이지 관리국이
직접 나서서 공표했기에, 그것은 실종이 아닌 사망으로서 받
아들여졌다.

　박준환이라는 이름값이 워낙 높았기 때문에, 패닉은 한국
뿐만이 아니라 전 세계에서 일어났다.

　어떻게? 왜?

　어비스에서 실종되거나 목숨을 잃는 헌터는 여태까지 셀
수 없이 많았지만, 어중이떠중이도 아니고 예비 사도가 실종되
었다.

　예비 사도라는 것은 헌터 중에서 최고 수준의 무력을 갖추
었다는 뜻인데, 도대체 어비스에서 무슨 일이 있었기에 그 박

준환이 실종되었단 말인가?

'놈이다.'

병실에 누운 이석천은 침을 꿀꺽꿀꺽 삼켰다. 전신 타박상과 골절. 사실 퓨어세인트와 계약한 의사의 치료 마법과 포션 등으로 상처의 치료는 이미 끝났지만, 이석천은 심신의 안정을 이유로 삼아 집안에 틀어박혀 있었다.

사실 까놓고 말하자면, 박준환에게 쥐어 터진 것이 길드원들에게 쪽팔려서 아직 나가고 싶지 않은 것뿐이었다.

'백현. 그놈이야. 그놈이 박준환을 죽였어……!'

이석천은 박준환의 실종 사실을 보도하는 TV를 보며 몸을 부르르 떨었다.

그 외에 다른 일은 생각할 수가 없었다. 그는 박준환의 힘을 조금이나마 몸으로 겪어보았고, 그 괴물이 어비스에서 몬스터나 다른 사건에 휘말려 실종된다고는 상상할 수가 없었다. 게다가, 박준환은 실종 전에 이석천을 찾아와 백현에 대한 자료를 받아가기도 했다.

'조만간 연락이 오겠는데.'

실종이 공표되었으니 박준환의 행적에 대해 조사가 들어갈 것이다. 이석천은 크게 심호흡을 하면서 핸드폰을 어루만졌다. 진짜 문제는, 이 일에 대해 관리국 쪽에서 어떻게 대응하기가 힘들다는 것이다.

관리국은 현실의 사건과 어비스의 사건을 철저하게 나누고 있고, 박준환의 실종은 어비스에서 벌어진 일이다.

백현이 박준환의 죽음에 연루되어 있다는 것이 알려진다고 해도, 관리국 쪽에서 백현에게 제재를 가하기는 힘들다. 굳이 패널티라고 할 것은 대중의 질타 정도? 이석천은 잠시 고민에 빠졌다.

'털어, 말아?'

말자.

결정은 곧바로 내릴 수 있었다. 백현이 박준환을 죽인 것이 사실이라면, 놈의 무력은 예비 사도를 상회한다는 뜻이다.

이석천은 백현이 싫고, 기왕이면 꼭 죽었으면 좋겠다고 생각하고 있었지만, 그렇다고 나서서 백현과 척을 지고 싶지는 않았다.

이석천은 즉시 이 일에 대해 알고 있는 길드원들에게 닥치고 있으라고 연락을 돌렸다. 괜히 나서서 입을 털었다가는 백현과 척을 지게 된다. 그러니까 얌전히, 아무 일도 없었다는 듯이, 모르는 척. 그렇게 넘기는 것이 상책이다.

'오히려 이편이 잘 되었어. 박준환도 죽었고.'

갑자기 머리를 잃은 혈맹의 길드원들. 이석천은 그들의 새로운 보금자리가 되어줄 생각을 하며 히죽 웃었다.

4년이나 흘렀는데도, 아직 조사가 끝나지 않은 지역은 그럴 만한 이유가 있는 곳들이다. 어비스에서 인간을 위협하는 것은 몬스터뿐만이 아니다. 이곳은 존재의 근원부터가 사람의 상식과는 크게 어긋난 곳이다. 그 때문에 세상의 상식이라는 것이 거의 동하지 않는다.

남쪽은 덥고, 북쪽은 춥다. 그것은 어비스에서도 똑같았다. 단지 그 '덥다'라는 것이 어마어마했다. 낮에는 땅과 살이 익을 정도로 강렬한 더위. 밤에는 몸 안의 피가 얼어버릴 것만 같은 끔찍한 추위가 찾아온다.

사막. 이곳에서 살아가기 위해서는 온도 조절 마법이 인챈트 된 외투가 필수적이다. 하지만 그런 외투도 만능은 아니라서, 끊임없이 포션을 마셔가며 체온을 조절해야 한다.

평범한 인간과 비교도 할 수 없을 정도로 강인한 헌터의 육체라 할지라도, 사막에서 버티는 것은 결코 쉬운 일이 아니다.

하지만 백현에게는 쉬웠다. 추위와 더위에서 몸을 보호하는 한서불침. 그 경지는 육체를 최상의 상태로 유지하기 위한 것이다. 사막의 더위와 추위는 한서불침의 경지로도 어찌할 수 없을 만큼 혹독했지만, 백현 정도의 경지와 내공이면 이런 환경도 쾌적하기만 했다.

사막을 실제로 보는 것은 처음이었다. 걸을 때마다 푹푹 빠지는 모래밭은 처음 몇 번 걸을 때는 꽤 재밌었지만, 금방 질려 버렸다.

그나마 몬스터들을 상대하는 것은 꽤 재미있었다. 꽤 멀리까지 내려온 덕에 몬스터들은 강력했고, 가끔 맞닥뜨리는 대형 몬스터는 화천 어비스에서 튀어나온 보스 몬스터 이상의 힘을 가지고 있었다.

그렇게 무조건 달리기만 한 지 20일이 지나서야, 백현은 벨파르에 도착할 수 있었다. 도중에 거주 구역 몇 군데를 들리기는 했지만, 어디까지나 나중에 텔레포트 스크롤로 이동하기 위한 좌표를 갱신하기 위해서일 뿐. 거주 구역에 머무른 적은 없었다. 현실로도 거의 나가지 않고 어비스에서 체류했으니, 20일 중 거의 모든 시간을 이동에만 쓴 것이다.

"더럽게 머네."

거주 구역 벨파르는 사막의 오아시스라 할 수 있었다. 만약 벨파르가 없었다면 이 주변의 조사는 아직까지도 이루어지지 않았을 것이다.

사막은 너무나 혹독했다. 물도, 식량도 조달이 힘든 환경이다 보니 상점의 의존도가 컸고, 그 상점은 거주 구역이 아니고서는 이용할 수가 없다. 그렇다고 인벤토리의 용량이 무한한 것도 아니다. 포션과 식량, 물 등을 채우다 보면 인벤토리는 가득 찬다.

그렇기에 조사 거점이 필요한 것이다. 거주 구역은 몬스터의 습격에서도 안전할 뿐만이 아니라 상점도 자유자재로 이용할 수 있고, 게이트도 있어서 현실과 어비스를 오갈 수 있다.

활기에 찬 도시를 예상했지만, 막상 도착 한 벨파르의 공기는 무겁게 가라앉아 있었다. 입구를 지나 안으로 들어갈 때부터 시신이 날라붙었다.

백현은 걸음을 멈추지 않았다. 그늘에 앉아서 쉬고 있는 헌터들이 백현을 힐긋거렸다. 그중 몇몇 이들이 백현을 알아보고, 작게 죽인 목소리로 이야기를 나누었다.

진 웨이. 그는 나흘 전에 벨파르에 도착했다. 그는 벨파르에 온 적이 없었지만, 벨파르 근처의 거주 구역에는 와 본 적이 있었다. 덕분에 백현보다 먼저 벨파르에 도착할 수 있었지만, 내심 어이가 없었다.

'날아오기라도 한 거야 뭐야?'

판데모니엄에서 벨파르까지 얼마나 먼지는 진 웨이도 잘 알고 있었다. 게다가 진짜로 날아온 것은 백현이 아닌 진 웨이였다.

[하이로드가 당신을 지켜봅니다.]

2

머릿속에서 들리는 목소리가 노이로제를 유발하는 것만 같았다. 진 웨이는 시선으로서 재촉하는 자신의 군주에게 경건한 마음으로 욕설을 보냈다.

[하이로드가 당신을 지켜봅니다.]

'제발 좀.'

진 웨이는 터져 나오려는 한숨을 삼키면서 몸을 일으켰다. 저번 달에 짜둔 일정대로라면, 오늘은 동남아의 최고급 리조트에서 파티를 벌이고 있어야만 했다.

그런데 이 끔찍한, 낮에는 덥고 밤에는 추운 사막의 오지에 와 있게 될 줄이야. 대체 하이로드는 왜 이런 엿 같은 시련을 내렸단 말인가?

"와우!"

진 웨이는 오버 섞인 탄성을 터뜨리며 백현에게 다가갔다. 그는 마법을 통해 얼굴과 체격, 인종까지 바꾼 상태였다.

"어디서 봤다 싶었는데, 당신, 그 사람이죠? 유튜브에서 봤어요!"

진 웨이는 환한 미소를 지으며 백현에게 악수를 청했다. 백현은 갑자기 다가온 갈색 눈의 외국인을 보며 두 눈을 동그랗게 떴다.

"누구세요?"

"아, 나는 마이클 헤더라고 해요. 그냥 편하게 마이클이라고 불러줘요, 백현."

진 웨이는 뻗은 손을 거두지 않았다. 잠시 진 웨이를 바라보던 백현은, 고개를 끄덕거리며 진 웨이의 손을 마주 잡았다.

"나한테 무슨 볼일이라도 있어요?"

"그런 건 아니에요. 그냥, 인터넷에서 봤던 얼굴을 보게 되니 반갑고 신기해서. 그리고 당신, 혼자 아닌가요?"

"맞아요."

"나도 혼자예요! 이 끔찍한 사막에서 친구도 동료도 없이 혼자뿐이라고요."

"혼자서 여기까지 온 거예요?"

"오…… 그건 아니죠. 처음에는 동료들과 함께 이곳까지 왔는데, 안타깝게도 그들은 지저아귀(地底餓鬼)의 한 끼 식사가 되어버렸어요."

진 웨이는 그렇게 말하면서 침울한 표정을 지었다.

"당신도 잘 알겠지만, 사막에서의 생활은 굉장히 고달파요. 출현하는 몬스터도 위험하고……."

"그렇죠."

"서로 힘을 합칠 동료가 있으면 좋지 않겠어요?"

2

"믿을 수 있는 동료여야죠."

"첫 만남부터 신뢰해 달라고 말할 생각은 없어요. 하지만 백현, 이것도 어찌 보면 운명이라고 할 수 있지 않겠어요? 동료를 잃은 나와, 동료가 없는 당신. 이 험난한 사막에서 만나……."

"좀 민감한 질문일 수도 있는데."

진 웨이가 늘어놓는 말이 끝나기 전에, 백현이 넌지시 입을 열었다.

"얼굴은 화상 때문에 그런 거예요?"

"……예?"

"아니, 화상 때문은 아닌 것 같은데. 몸도 이상하고."

백현이 중얼거렸다. 진 웨이는 백현의 말을 듣고서 두 눈을 끔벅거렸다.

"……무슨 말입니까?"

"신뢰를 운운하는 게 좀 웃기잖아요. 얼굴이랑 몸도 바꾼 주제에 말이야. 마이클 헤더? 그 이름은 진짜예요?"

'뭐야?'

진 웨이의 입꼬리가 씰룩거렸다.

'어떻게 안 거야?'

그는 반걸음 뒤로 물러서 백현의 얼굴을 쳐다보았다. 진 웨이는 예비 사도다. 그런 그가 펼치는 마법은 완벽에 가깝다. 상대가 같은 급의 마법사라면 위화감을 눈치챌 수 있을지도 모르겠지만, 마법도 모르는 놈이 어떻게 간파했단 말인가?

"나한테 접근한 이유가 뭐예요?"

기분이 나쁜 것보다는 궁금증이 더 컸다.

백현은 진 웨이의 얼굴을 들여다보면서 그렇게 질문했다. 변장…… 아니, 저것을 변장이라고 해야 할까. 무공 중에도 골격과 얼굴형을 바꾸는 역용술은 있다. 하지만 백현은 역용술을 배운 적도, 본 적도 없었다.

그럼에도 백현이 진 웨이의 마법을 알아차릴 수 있었던 것은, 희미하게 느껴지는 마력의 잔재, 그것이 만들어내는 위화감 덕분이었다.

백현은 기를 다루는 것에 있어서는 마법사 이상으로 정통했다. 하지만 보는 것만으로는 알아차릴 수가 없었다. 위화감이라 해도 크게 신경 쓰이는 정도는 아니었다.

결정적인 것은 악수였다. 굳이 내공을 흘려보내 느낄 것도 없이, 손을 마주 잡은 순간에 눈치챌 수 있었다.

"……음."

일이 꼬였다. 예정대로였다면 오늘은 동남아의 최고급 리조트에서 다양한 인종의 미녀들과 휴가를 즐기고 있었겠지. 그것이 꼬인 것도 모자라, 진 웨이가 아닌 다른 헌터가 되어 백현과 친분을 쌓겠다는 예정도 꼬여버렸다.

"우선."

진 웨이는 주변을 쓱 둘러보았다. 달라붙는 시선들. 제 딴에는 감추려 노력한 듯했지만, 가당찮은 노력이었다.

'흑련회다.'

벨파르를 거점으로 삼은 그 길드가, 백현을 알아보고 경계하고 있었다. 같은 중국인이지만, 진 웨이는 흑련회가 마음에 들지 않았다. 21세기가 넘은 지 한참인데, 놈들은 아직도 20세기를 사는 줄 안다.

20세기에는 코흘리개였던 주제에. 홍콩 느와르? 아니면 갱스터 무비? 어느 쪽인지는 모르겠지만, 놈들은 그 같잖은 흉내를 내며 본인들이 삼합회라도 되는 줄 안다. 정작 중국 본토의 삼합회는 벌써 일 년 전에 용성군의 사도인 라이 룽이 장악했는데 말이다.

벨파르에서 보낸 나흘 동안, 진 웨이는 흑련회가 벌이는 소꿉장난이 얼마나 우스운지 충분히 느낄 수 있었다. 중국 본토에서는 용성군의 사도인 라이 룽. 그 눈치나 보는 엔 차오, 그 머저리 자식은 이 자그마한 마을의 폭군으로 군림하고 있었다.

마음에 들지는 않았지만, 엔 차오, 그 대머리가 여기서 벌이는 소꿉장난은 진 웨이의 알 바 아니었다. 이러니저러니 해도 놈들은 벨파르를 거점으로 삼아 미조사 지역을 탐색하는 것에 열심이었다.

'그래도 괜히 눈에 띄고 싶지는 않은데.'

엔 차오는 어떻게든 라이 룽에게 줄을 대려 하고 있다. 진 웨이가 이곳에 나타난 것이 라이 룽에게 전해진다고 해도, 진 웨이에게 딱히 돌아오는 위험은 없다.

하지만 진 웨이는 그 수상쩍은 마녀에게 자신에 관한 이야기가 흘러 들어가는 것을 원치 않았다.

"속여서 미안해요. 당신에게 적의가 있어서 그런 것은 아니고, 그냥 이편이 깔끔하고 편할 것이라고 생각했어요."

백현의 머릿속에 진 웨이의 목소리가 들렸다. 백현은 머뭇거림 없이 진 웨이의 옆에 서서 걸었다.

백현은 은은한 마력의 기류가 주변을 휘감고 있는 것을 눈치챘다. 덕분에 둘이 나누는 대화가 밖으로 새어나가지 않고 있었다.

"난 진 웨이라고 해요. 내가 누구인지 알아요?"

"하이로드의 예비 사도."

"박준환이 당신에게 죽었다는 건 압니다."

"그 복수를 하기 위해 온 건가요?"

그 질문에, 진 웨이가 웃음을 터뜨렸다.

"설마요. 난 박준환과 만난 적도 없고, 내가 섬기는 군주는 무령과 별 친분이 없어요. 복수? 그런 시답잖은 짓을 할 의리 따위는 없다고요."

"그럼?"

"나는 당신에게 별 관심이 없어요. 신기하다 싶긴 하지만 굳이 만나고 싶진 않았죠. 귀찮기도 하고, 당신은 위험하니까."

"위험하다는 건 무슨 뜻이에요?"

"예비 사도를 쳐 죽인 인간이 위험하지 않으면 대체 누가 위험하겠어요? 아, 이건 확실하게 합시다. 나는 당신과 싸우고 싶지 않아요. 절대로요. 그러니까 당신도 나랑 싸울 생각은 거둬 줘요."

진 웨이가 자신을 소개했을 때부터. 백현은 은근한 호기심과 호승심을 느끼고 있었다.

진 웨이는 백현이 손을 쥐었다 펴는 것을 힐긋거리며 애걸하듯 말했다.

"만약 당신의 군주가 나를 죽이라고 한다면?"

"도망칠 겁니다."

"그래도 괜찮아요?"

"안 될 게 뭐가 있습니까? 내 군주는 현명한 분이에요. 내가 말을 잘 듣지 않는다는 것도, 내가 가장 중요하게 여기는 게 나 자신이라는 것도 잘 알고 있죠. 그것을 알면서도 하이로드는 나를 예비 사도로 삼았습니다. 영 마음에 들지 않아 아직 정식 사도로 삼지는 않았지만요."

진 웨이는 그렇게 말하면서 쩝- 하고 입맛을 다셨다.

"그러니까, 무리한 일을 시키지는 않을 겁니다."

"내가 그걸 신경 쓰지 않고 당신을 죽이려 하면요?"

"그러지 않았으면 좋겠는데요. 나는 당신을 상식인이라 생각해요. 싸울 의사도 없는 사람을 무차별적으로 공격하는 미친 새끼가 아닐 것이라 믿고 있다고요."

"좋아요, 나도 당신이랑 싸우고 싶지는 않아요. 그래서, 날 찾아온 이유가 뭐예요? 설마 당신도 나를 하이로드에게 데려가려고 온 건가요?"

"하이로드의 권속이 되고 싶어요?"

"아뇨."

"그럼 됐습니다. 난 당신을 설득하려고 온 게 아니에요. 하이로드는…… 정말 단순하게, 당신이 하려는 일에 관심을 가지고 있을 뿐입니다."

진 웨이는 그렇게 말하고서 살짝 숨을 삼켰다.

"그리고 내 역할은, 하이로드의 눈이 되어 그걸 지켜보는 것이죠."

"내가 뭘 할 줄 알고요?"

"나도 모릅니다."

"정말로?"

"사실 알고자 하면 알 수도 있어요. 나는 타인의 마음을 읽을 수 있거든요. 읽어볼까요?"

"기분 나쁜 능력이네요. 하지 마요."

2

"알았습니다."

백현이 거절하자, 진 웨이는 얌전히 고개를 끄덕거렸다.

"같이 다녀도 되겠습니까?"

"봐도 별 구경거리는 안 될 텐데?"

"그러게 말입니다."

진 웨이가 투덜거리며 대답했다. 그 말에 백현은 낄낄 웃었다.

"재밌는 사람이네요. 마음대로 해요."

"고맙……."

"대신에, 만약 나중에 가서 내 뒤통수를 빡 때리거나 하면."

"절대 안 그럴 겁니다."

진 웨이가 재빨리 가슴에 손을 올렸다.

"진짜로요."

'차라리 때렸으면 좋겠는데.'

백현은 내심 그런 생각을 했다. 마법은 백현이 제대로 경험해 본 적이 없는 분야였다. 그렇다 보니 진 웨이와 싸워보고 싶다는 마음이 드는 것은 어쩔 수가 없었다. 하지만 진 웨이가 무조건 싸움을 피하려 들고 있으니, 백현도 무턱대고 진 웨이를 공격할 수는 없었다.

사실 그런 마음도 없잖아 있기는 했다. 그냥 싸움을 거는 것. 하지만 그렇게 싸움을 걸어도, 상대가 받아들이지 않는다면 의미가 없는 일이다.

'받아들일 수밖에 없게 한다면?'

생각이 그쪽에 미치자 제법 구미가 당겼다. 진 웨이는 도망친다고 말했지만, 도망칠 수 없게 만들면 되는 것 아닐까.

'에이, 그래도 싸우기 싫다는데.'

질색하던 진 웨이의 태도를 떠올리며, 백현은 은근히 미음을 좀먹던 욕심을 접었다.

어차피 당장 싸울 필요도 없지 않은가.

"그런데. 당신은 뭘 하려고 여기까지 온 겁니까?"

백현과 싸우고 싶지 않다는 것은 진심이었다. 애당초 진 웨이는 일대일의 싸움에 별 자신이 없었다.

자신보다 약자를 농락하는 것은 자신이 넘쳤지만, 동등한 상대, 아니, 그 이상의 격을 가진 상대와의 싸움은 진 웨이로서는 할 의미라곤 없는 쓸데없는 짓이었다.

그런 자살행위를 왜 한단 말인가? 진 웨이에게 있어서 세상은 아름답고 즐거운 곳이었고, 살아만 있으면 좋은 일은 얼마든지 있었다.

"이거 안 보여요?"

백현은 진 웨이의 눈앞에 퀘스트 헌터의 팔찌를 흔들었다. 진 웨이는 푸른색의 팔찌를 보고 두 눈을 게슴츠레 떴다.

지금 진 웨이의 팔찌는 백현과 마찬가지로 푸른색이었지만, 그것은 어디까지나 마법으로 위장한 것일 뿐. 진 웨이는 퀘스트 헌터 중 가장 높은 플래티넘 랭크의 헌터였다.

"블루 랭크군요."

"아, 당신은 플래티넘 랭크였지. 어쨌든, 여기까지 온 건 미조사 지역을 탐색하기 위해서예요."

"으흠, 제가 플래티넘 랭크기는 하지만 뭐…… 지금과 예전은 사정이 많이 다르니까요. 그때야 어디를 가든 다 미조사 지역이었으니까. 출발선이 달랐다, 이겁니다."

"이상한 부분에서 겸손하시네."

"혹시 당신이 자존심 상해 할까 봐 배려한 겁니다. 그런데 왜 하필 남쪽이에요? 여기는 빌어먹을 곳인데. 북쪽은 춥기만 하지만 남쪽은 덥고 춥고, 아주 동시에 지랄 맞은 곳이에요. 옌 차오의 흑련회는 머저리 병신들이고. 차라리 동쪽으로 가지 그랬어요?"

"동쪽은 왜요?"

"그곳은 아주 무난하고 편하니까요. 괜히 블라디미르와 체브, 두 명의 플래티넘 헌터가 동쪽에 짱박혀 있는 것이 아닙니다. 환경도 나쁘지 않고 거주 구역도 많아요. 지금이라도 동쪽으로 가는 게 어떻습니까?"

진 웨이는 노골적인 투로 백현에게 졸라댔다. 그 역시 사막의 더위와 추위에 별 위협을 느끼지는 않았지만, 그렇다고는 해도 사방이 모래밭인 곳에 장시간 있고 싶지는 않았다. 하지만 백현은 고개를 저었다.

"동쪽에는 볼일이 없어요."

"미조사 지역 탐색이라면서 뭔 볼일?"

"그건 겸사겸사하는 것이고. 남쪽까지 온 이유는 따로 있거든요."

"뭡니까?"

진 웨이는 별생각 없이 물었고, 백현은 활짝 웃으면서 대답해 주었다.

"무령의 영지로 가볼 생각이에요."

진 웨이의 걸음이 멈추었다. 그는 그 자리에 우두커니 서서 백현을 돌아보았다. 백현은 여전히 백인의 모습을 한 진 웨이의 얼굴이 피부색보다 더 하얗게 질리는 것을 신기하다는 듯 보았다.

"……무령의 영지? 거기는 왜?"

"누가 그랬는데. 그쪽으로 가면 무령의 영향력이 강해져서, 무령이 데리고 있는…… 거 뭐냐, 인간이 아닌……."

"……철혈궁의 신장?"

"아, 맞아요. 그 녀석들이 무령의 명을 받아 나올 수 있을 거라고 하더라고요."

'설마.'

진 웨이는 강하게 밀려오는 불안감을 부정하려 애쓰면서,

꿀꺽 침을 삼켰다.

"……그래서…… 어…… 철혈궁의 신장을 만나서, 뭘 하고 싶은 겁니까?"

"내가 굳이 뭘 하지 않아도 걔들이 나한테 뭔가를 하려 들지 않을까요? 박준환을 죽인 것 때문에 무령이 나한테 화가 많이 나 있을 텐데."

백현의 말은 진 웨이가 애써 부정하던 불안감을 확신으로 만들었다. 진 웨이는 자신도 모르게 몇 걸음 뒤로 물러섰다. 그는 혼란스러운 눈으로 백현을 보며 물었다.

"그게 무슨 의미인지 알고는 말하는 겁니까? 그러니까, 못자리로 직접 걸어 들어가겠다고요?"

"못자리인지 아닌지는 아직 모르잖아요."

"하, 하하하! 박준환을 죽였다고 너무 기세등등한 것 아닙니까? 철혈궁의 신장은 다들 인간이 아닌 존재들입니다. 그들이 사도만큼 강할지는 모르지만, 예비 사도였던 박준환보다는……."

"그러니까 가는 거예요."

말이 통하지 않았다. 이해도 되지 않았다. 진 웨이의 사고방식으로는 절대로 백현을 이해할 수가 없다. 진 웨이는 헛웃음을 흘리며 고개를 흔들었다.

"죽을 겁니다."

백현은 대답 없이 웃기만 했다.

대체 왜 웃는 걸까. 도대체 뭘 믿고? 무령에게 용서를 빌러 가는 것도 아니고, 철혈궁의 신장과 싸우기 위해 가겠다고?

'미친 새끼.'

진 웨이는 웃는 백현을 보면서 주먹을 쥐었다.

'하이로드시여. 저보고 이 미친 새끼를 따라다니라는 겁니까?'

하이로드는 반응을 보이지 않았다. 진 웨이에게 내려진 계시가 바뀌지 않는다는 뜻이다. 그 일방적이고 흔들리지 않는 뜻에 진 웨이는 아랫입술을 뿌득 씹었다. 아무리 그가 불량스러운 예비 사도라고 해도, 이렇게까지 확실한 뜻의 계시가 내려진 이상 따를 수밖에 없었다.

'수틀리면 도망칠 겁니다. 진짜로요.'

따를 수밖에 없는 계시라지만 죽으면서까지 따르고 싶지는 않았다. 진 웨이는 그 정도는 하이로드도 이해해 줄 것이라고 믿어 의심치 않았다.

"그런데, 저건 뭐예요?"

백현은 손을 들어 앞을 가리켰다. 그가 가리킨 곳에는 헌터들이 줄을 서 있었다, 그것을 힐긋 본 진 웨이는 대수롭지 않다는 투로 말했다.

"참가 신청을 받고 있는 겁니다."

"참가 신청?"

"바로 어제 어떤 길드가 천둥새의 둥지를 발견했거든요. 혹련회가 그 보고를 전달받고, 토벌을 위해 헌터들의 참가 신청을 받고 있는 거죠."

"천둥새?"

백현이 모른다는 표정을 짓자, 진 웨이가 천둥새에 관해 설명해 주었다.

어비스에는 다양한 형태의 몬스터가 존재하는데, 그중 특히나 사냥이 까다로운 몬스터가 바로 비행종(飛行種)이다.

이유는 단순하고 당연한데, 땅의 몬스터보다 날아다니는 놈을 공격하는 것이 힘들기 때문이다. 게다가 짐승도 아니고 몬스터. 사람을 무조건 먹잇감으로 보는 비행종들은, 포식자에 걸맞는 공격 수단과 흉포함까지 갖추고 있었다.

천둥새는 이 근처 사막의 최상위 포식자라고 할 수 있는 놈이다. 날개를 쫙 펴면 그 크기만 수십 미터에 달하고, 날갯짓으로 모래 폭풍을 일으킨다.

벨파르를 거점으로 삼은 흑련회는 여태까지 샌드웜 킹과 사하괴왕 등 다양한 대형 몬스터를 토벌해 왔지만, 최근 몇 달 동안 천둥새 하나를 잡지 못해 벨파르에 발이 묶여 있었다.

백현의 두 눈이 반짝 빛났다. 그는 진 웨이를 지나쳐 줄의 끄트머리에 섰다. 그 모습을 어이가 없다는 듯이 쳐다보던 진 웨이가 백현의 뒤에 바짝 붙었다.

"뭐하는 겁니까?"

"신청하려고요."

"천둥새에 흥미가 있는 겁니까?"

"지금 흥미가 생겼어요. 어차피 가는 방향이잖아요?"

백현은 지도를 열어 보았다. 파악된 천둥새의 둥지는 벨파르에서 남동쪽. 무령의 영지도 그쪽 방향이었다.

"쓸데없는 짓 같은데요."

"난 그렇게 생각 안 해요. 나는 여태까지 그런 몬스터를 잡아본 적이 없거든요."

"그래 봤자 몬스터입니다."

진 웨이가 투덜거렸다. 그는 백현이 철혈궁 쪽으로 향한다는 것을 알게 된 후부터는 백현의 모든 것이 마음에 들지 않았다. 왜 굳이 그런 쓸데없는 짓을 한단 말인가.

하지만 백현은 마음을 바꾸지 않았다. 해본 적이 없으니 하고 싶다. 백현에게 이유는 그것으로 충분했다.

결국, 백현은 자신의 차례가 되자 참가 신청서에 이름을 적고 말았고, 백현을 알아본 흑련회의 말단 길드원은 놀란 표정이 되었다.

"마이클 헤더."

진 웨이는 똥 씹은 얼굴을 하고서 백현을 따라 천둥새 토벌에 참가했다. 말단 길드원은 진 웨이에게 상태창을 보여줄 것을 요구했고, 진 웨이는 길드원의 눈을 잠시 바라보았다.

2

그러자 길드원이 멍하니 눈을 끔벅거리다가, 참가 신청서에 마이클 헤더라는 이름을 적었다.

"방금 뭐 한 거예요?"

"간단한 마인드 컨트롤입니다."

진 웨이는 귀찮다는 투로 대답했다.

"하이로드와 계약한 다른 마법사들도 그런 마법을 쓸 수 있는 거예요?"

"그럴 리가 없잖아요. 다들 마인드 컨트롤을 걸 수 있다면 사기죠. 이건 예비 사도인 나만 쓸 수 있는 겁니다."

"나한테는 그거 안 써요?"

"아무한테나 쓸 수 있는 것도 아닙니다. 당신한테는 써봤자 성공할 것이란 확신이 없으니까 안 쓰는 거기도 하고."

"뭔가 조건이 있나 봐요?"

"가장 큰건 정신력이죠. 일반인 상대로는 거의 100% 성공하고, 같은 헌터가 상대여도 나랑 레벨 차이가 높을수록 성공 확률이 높습니다. 물론 절대적이지는 않아요. 개인차가 좀 큰 능력이라."

진 웨이는 그렇게 말하다가 백현을 힐긋 보았다.

"왜요? 한 번 당해보시겠습니까?"

"성공하면 어떻게 되는데요?"

"당신이 절대로 철혈궁에 가지 않게 만들 겁니다."

"그럼 싫어요."

"제길, 그냥 안 가면 안 됩니까? 뭐하러 죽으러 가는 거예요?"

"박준환이 너무 약했거든요."

백현은 그렇게 대답하며 그늘 가로 가서 앉았다. 백현과 진웨이를 마지막으로, 더 이상 천둥새 토벌에 지원하는 헌터들은 없었다.

다른 헌터들은 천둥새 토벌을 앞두고 상점에서 필요한 물건들을 구입하느라 바빴지만, 백현은 얌전히 가부좌 자세만 취했다.

"……그거랑 철혈궁에 가는 게 무슨 상관입니까?"

"부족해서 그래요. 나는 더 강한 상대와 싸우고 싶은데, 나한테 명확한 적의와 살의를 갖춘 강자로 당장 떠오르는 게 철혈궁뿐이라서. 아, 이건 천둥새 토벌에 참가한 이유기도 해요. 해본 적 없고, 강하다니까."

"……그럴 거면 차라리 지금 혼자 가서 천둥새를 잡는 것이 어떻습니까?"

"내가 생각을 해봤어요."

백현은 소리죽여 웃었다.

"당신이 나를 찾아온 것은, 내가 박준환을 죽였다는 사실이 알려져서잖아요."

"……그렇죠."

"내가 한국의 어비스에서 날뛰자 가장 먼저 접촉을 취한 것은 무령이었어요. 그리고 내가 박준환을 죽이자, 당신이 나를 찾아왔죠. 다른 군주들의 사도는 뭘 하고 있는지는 모르겠는데, 아마 내가 더 유명해지고 날뛸수록 날 더 찾아와 주지 않을까요?"

'미쳤다.'

진 웨이는 백현의 말을 듣고서 그런 생각을 할 수밖에 없었다. 웃는 얼굴로, 기대에 찬 목소리로 말하는 백현은 진 웨이의 입장에서는 미쳐도 단단히 미친놈에 지나지 않았다.

그러니까, 다른 군주들을 자극하기 위해서 굳이 천둥새 토벌에 참가하겠다고?

단순무식한 일이지만 효과적이다. 헌터는 군주와 계약해 힘을 받은 존재고, 군주의 눈이자 귀이기도 했다.

군주들은 어비스의 존재가 아니다. 그들의 영지는 어비스에 걸쳐져 존재하고 있고, 일정 영역 바깥은 군주들로서도 살필 수가 없다.

그렇기에 군주는 계약한 헌터를 눈과 귀로 사용한다. 물론 모든 헌터의 숫자는 굉장히 많아, 아무리 군주가 신적인 존재라 해도 계약한 모든 헌터를 살필 수 있는 것은 아니다.

하지만 '총애'를 받는 헌터.

사도나 예비 사도, 혹은 그를 염두에 두고 있는 고레벨의 헌터라면 당연히 군주가 더욱 많이 살피게 될 수밖에 없다.

'천둥새 토벌이라면 군주들의 시선이 향할 만도 하지.'

매달 말일, 어비스에서 기어 나오는 몬스터의 토벌에 군주들이 관심을 주는 것과 마찬가지다.

천둥새는 여태까지 어비스에서 기어 나온 보스 몬스터들보다 훨씬 격이 높은 몬스터니, 토벌에 참가한 헌터들과 계약한 군주들의 시선이 확 몰리게 될 것이다.

그래서 더, 진 웨이는 백현을 미친놈이라고 생각할 수밖에 없었다.

놈은 그것을 알고서, 천둥새 토벌에 참가한 헌터들을 눈과 귀로 쓰고 있는 군주들에게 힘을 선보이려는 것이다.

내가 얼마나 강한지.

내가 얼마나 위험한지.

"……이해가 안 되는군요. 대체 왜 그렇게까지 하는 겁니까? 자신이 하려는 짓이 무슨 짓인지 뻔히 알면서, 대체 왜?"

"필요하니까요."

"필요? 어디에 필요하단 겁니까?"

"나한테요."

그 역시 이해할 수 없는 말이었다.

"모든 군주가 당신을 적대하는 것은 아닙니다. 하지만, 무령처럼 몇몇 군주는 당신을 마음에 들어 하지 않을 거예요. 어쩌면 당신을 크게 욕심내는 군주가 있을지도 모르고. 가만히 있어도 모자랄 판에, 대체 왜 그런 위험한 짓을……."

"하이로드는 어때요?"

백현은 진 웨이의 말을 끊고 불쑥 물었다.

[하이로드가 웃음소리를 냅니다.]

[하이로드가 백현을 마음에 들어합니다.]

"……당신을 마음에 들어 하고 있군요."

진 웨이가 내뱉었고, 백현은 피식 웃었다. 군주의 성향은 모른다. 직접 만나 본 퓨어세인트의 성향도 솔직히 알 수가 없었다.

하지만 퓨어세인트가 백현을 통해 무언가를 의도하고 있고, 무령과 철혈궁을 자극하고 싶어 하는 것은 틀림없었다.

'나야 좋지.'

퓨어세인트의 의도 따위, 백현이 알 바는 아니었다. 그의 관심사는 무도(武道)를 걸어 스승이 남긴 파천신화공을 완성하는 것뿐이었다.

10장
빠르게

죽으면 전부 끝이다. 백현도 그 사실을 모르는 것은 아니었다.

이곳은 도원경이 아니다. 도원경은 죽음이 존재하지 않는 세계였다. 머리가 터져도, 가슴에 구멍이 나도, 온몸이 갈기갈기 찢기고 사지가 뜯어져도. 고통을 모조리 겪고 나면, 모든 것이 원래대로 돌아왔다.

하지만 현실은 다르다. 머리가 터지면 죽고, 가슴에 구멍이 나면 죽는다.

몸이 찢기면 죽고 사지가 뜯겨도 죽는다. 고통 뒤에 재생은 없다. 그냥, 죽고, 끝이다.

알고 있다. 알지만, 백현은 이 방법 외에 다른 방법을 알지 못했다. 그를 죽일 수 있을 정도의 적수가 필요했다.

여태까지 항상 그렇게 수행해 왔다. 벽과 마주했을 때는 항상, 그 벽을 부수기 위해서 자신이 먼저 부서져야만 했다.

'알아요.'

백현은 스승의 유언을 떠올렸다. 파천신화공을 완성하고, 제자를 하나 거두라는 말.

백현은 스승의 유언을 무시할 생각은 없었다. 강한 상대와 싸우고 싶은 것은 그의 욕심이다. 그 과정에서 파천신화공이 진보할 것은 믿어 의심치 않는다.

하지만 죽으면 제자를 거둘 수 없다. 죽으면 파천신화공을 완성하지 못한다. 그러니, 죽어서는 안 된다. 패배는 괜찮지만 죽어서는 안 된다.

가장 먼저, 백현은 그 모순을 받아들여야 한다는 것을 납득했다.

'굴욕적인가?'

경우에 따라서는 그럴 수도 있겠지. 백현은 골몰히 생각에 잠겼다.

'왜?'

생각의 아귀가 맞지 않았다. 패배하고, 간신히 목숨을 건져서 도망친다. 당연히 굴욕적일 것 같은데, 이상하게 백현은 그 상황에 굴욕감을 느끼지 않았다.

수행할 때만 해도 당연한 승리 같은 것은 없었다. 과거의 스승과 싸울 때도, 스승의 기억 속 적수들과 싸울 때도. 승리하기 위한 패배는 언제나 필요했다.

'사라는 처음부터 나보다 약했고.'

백현은 쩝- 하고 입맛을 다셨다.

당연히, 처음에는 패배에 굴욕을 느끼기도 했다. 열 살 때의 스승에게 손도 제대로 못 쓰고 흠씬 두들겨 맞았을 때는 아직도 선명하게 떠올릴 수 있었다.

하지만 어느 순간부터…… 패배에 굴욕을 느끼지 않게 되었다.

사실 도원경의 수행에서 패배가 일상적이었던 것은, 스승인 주한오가 백현에게 언제나 과한 적수를 붙였기 때문이었다. 아무리 백현이 천무성을 타고났다고 해도, 그가 맞섰던 이들은 천무성은 아닐지언정 천재적인 자질을 갖추고 수십 년 동안 무공을 갈고닦아, 무신마 주한오의 적수로서 인정받은 이들이었다.

천하 이십대 고수 모두가 강했다.

천하오인이었던 혈승, 검황, 투전마라, 천상기린. 그에 미치지 못했다고 해도, 다른 이들이 약한 것은 아니었다. 태극선도, 권성도, 독왕도, 신풍랑도, 암령도, 백결개도, 매화검선도, 괴각옹도, 현환마창도, 흑풍괴마도, 혈안마존도, 녹림패왕도, 북천군도, 수라패도도, 염화종도, 전부.

그들에게 몇 번이나 죽었는지는 세는 것도 잊었다. 수백? 독왕에게만 수백 번은 죽었을 것이다. 수천 번도 우습다.

"×같은 모래바람."

백현이 도원경에서 수행하던 때를 떠올리고 있을 때, 그의 곁에서 걷고 있던 진 웨이는 욕설을 내뱉었다.

백현과 진 웨이는 무리의 중심에 서서 사막을 걷고 있었다. 더위는 느끼지 않았지만 바람에 나부끼는 모래가 얼굴에 달라붙어 기분이 더럽다.

사실 하고자 한다면 이깟 모래바람쯤이야 날아오지도 않게 만들 수 있었지만, 진 웨이는 괜히 주목받고 싶지 않았다.

그는 철저하게 관측자로서, 백현의 곁에 얌전히 붙어만 있을 생각이었다.

'괜히 미친놈이랑 엮이게 되어서.'

하이로드가 저 미친놈에게 관심을 보내는 의중을 이해할 수가 없었다. 완전한 사도가 된다면 하이로드의 의중을 이해할 수 있겠지만, 그 때문에라도 진 웨이는 사도가 되고 싶지 않았다. 그는 철저하게 자기 자신으로 남고 싶었다.

"얼마나 더 가야 하는 거야?"

"밤이 되면 힘든데."

선두에 선 헌터들이 불만을 투덜거렸다. 그렇다고 밤이 아닌 지금이 힘들지 않은 것은 아니었다.

포션으로 더위에 내성을 갖추었다지만, 포션이라 해서 만능은 아니었다.

그나마 다행인 것은, 남쪽의 최전선인 벨파르를 거점으로 삼고 활동하는 헌터들의 평균 레벨이 굉장히 높아서 이동 속도가 꽤 빠르다는 것이었다.

"백현이라."

이동하는 무리의 말미. 흑련회의 길드원 이백 명의 한가운데 옌 차오가 있었다.

털 한 가닥 없는 머리에 문신을 가득 새긴 그는 공들여 기른 수염을 어루만지며 눈을 가늘게 떴다.

"놈이 토벌에 낀 것을 호재로 봐야 하나?"

"한국 어비스에서 보여준 힘을 생각하면, 예. 이번 토벌에 참가 한 어지간한 헌터들보다는 훨씬 뛰어날 겁니다."

"놈이랑 같이 있던 코쟁이는?"

"마이클 헤더라는 놈입니다."

"모르는 이름이야. 레벨은?"

"153입니다. 며칠 전부터 벨파르에 들어와 체류하고 있는데, 사막에서 동료를 잃고 떠돌다가 백현에게 붙은 것 같습니다."

흔하게 있는 일이었다. 아는 이름도 아니었고 레벨도 높지 않아서, 옌 차오는 마이클 헤더에 대해서는 신경을 껐다.

한국 같은 작은 나라에서는 153이라는 레벨이 대접받겠지만, 중국은 헌터 강국이다.

당장 옌 차오의 레벨은 308이고, 흑련회의 평균 레벨은 180
이다. 마이클 헤더은 옌 차오가 신경 쓸 레벨이 아니었다.

"수가 너무 많아서 탈이야."

옌 차오는 작은 목소리로 중얼거리며 수염 한 가닥을 잡아
뜯었다. 그 말을 들은 심복이 히죽 웃으며 말했다.

"많이 줄을 겁니다."

다른 길드와 헌터들의 지원을 받기는 했어도 사이좋게 나
눠 먹을 생각은 없다.

천둥새. 그 빌어먹을 몬스터는 이번 기회에 무조건 토벌해
야 했지만, 그와 겸해 벨파르의 너무 많은 헌터들의 수를 일부
줄여 둘 필요성은 있었다.

"뻔할 뻔 자죠."

진 웨이가 투덜거렸다.

"옌 차오. 놈은 버러지예요. 똑같이 용성군과 계약했다는
것을 빌미로 해서 어떻게 라이 룽과 비벼보려 하지만, 라이 룽
은 옌 차오에게 아무 관심도 없어요. 결국엔 자기 레벨을 높여
용성군의 새로운 사도로 발탁되는 것을 꿈꾸는 모양이지
만…… 사도가 레벨이 높다고 해서 무조건 되는 것도 아니고.

애당초 옌 차오와 라이 룽은 그릇이 다릅니다."

"그래요?"

"당신은 라이 룽을 만나본 적이 없어서 모르겠지만, 나는 라이 룽과 몇 번 만나봤어요. 그리고 만날 때마다 생각하죠. 다시는 만나고 싶지 않다고."

진 웨이는 과거에 있었던 몇 번의 만남을 떠올리며 어깨를 바르르 떨었다.

"그녀는 사도가 되기 전부터 대륙 제일의 헌터였어요. 생각해 봐요, 라이 룽은 중국의 수십억 인구 중 정점이라는 겁니다. 옌 차오 같은 버러지가 어떻게 비빌 수 있겠어요?"

"당신도 예비 사도잖아요."

"그럼 난 대륙의 수십억 인구 중 차석이라는 거겠죠."

진 웨이는 심드렁한 어조로 대답했다.

"어쨌든 말이에요. 옌 차오가 하려는 일은 뻔하단 겁니다. 놈은 제 분수도 모르고 욕심이 많고, 대륙에 존재하는 어비스에서는 더 이상 얻을 것이 없어요. 그러니 미조사 지역 쪽으로 빠져서 용성군에게 아양을 떨어야 하는데, 이 빌어 처먹을 사막에 떡고물을 주워 먹으러 온 헌터들이 너무 많다, 이겁니다."

"그래서 수를 줄이려 한다?"

"아무리 옌 차오가 막 나간다고 해도, 벨파르에서 주도적으로 대학살을 벌일 수는 없어요."

"관리국은 어비스에서의 사건을 처벌하지 않잖아요."

"그 정도로 큰 사건이면 대중의 시선을 생각해서라도 나설 수밖에 없죠. 그건 당신도 알 텐데요? 관리국이 정말로 어비스의 사건에서 손을 뗀다면, 왜 당신이 박준환을 죽인 사실을 공표하지 않고 조용히 묻었겠어요?"

하긴. 백현은 쯥하고 입술을 빨았다. 결국, 관리국이 어비스에서의 사건을 처벌하지 않는다고 말하는 것은, 어비스에서 흔하게 벌어지는 자그마한 사건들에서 도망치기 위함일 뿐이다.

"그리고 관리국이 나서지 않아도, 중국에는 라이 룽이 있어요."

"라이 룽이 왜요?"

"중국에서 그녀의 위치는 굉장해요. 라이 룽은 예비 사도일 적부터 삼합회를 포함한 중국의 흑사회를 평정했고, 사도가 된 후에는 전국인민대표대회가 중화엽인부장(中華獵人部長)이라는 직위까지 만들어 내려주었죠."

"중화엽인부장?"

"쉽게 생각하면 라이 룽과 그녀의 친위대라고 생각하면 돼요. 중국에서 사고를 친 헌터는 관리국이나 공안이 아니라 중화엽인부에게 처리되죠. 국가행정에는 별 관여를 하지 않고 있지만, 헌터 관리는 정말 칼같이 하고 있어요. 덕분에 중국의 그 많은 헌터들이 숫자만큼의 대형 사고를 치지 않는 것이기도 하고."

"얘기만 들어보면 꽤 좋은 사람 같은데요."

"⋯⋯일반인이나 헌터들에게는 우상이죠. 나는 아니지만."

"당신은 그, 중화엽인부라는 곳에 안 들어갔어요?"

"제의는 왔지만 거절했어요. 라이 룽 밑에 들어가고 싶지도 않고. 그리고 말했잖아요, 중화엽인부는 라이 룽의 친위대라니까요. 그녀의 길드인 천룡성(天龍城)이 이름만 바뀌었을 뿐이에요. 내가 거기를 왜 들어가요?"

라이 룽 이야기를 멈추고, 진 웨이가 뒤를 힐긋 돌아보았다.

"아주 좋은 기회죠. 손 더럽히지 않고 깔끔하게, 벨파르의 너무 많은 헌터들을 정리할 수 있는 기회. 대형 몬스터 토벌에 헌터들이 죽어나가는 것이야 흔해 빠진 일이고, 천둥새 정도의 몬스터라면 토벌에 참가한 헌터들 반절이 죽어도 이상하지 않아요."

"어떻게 알았어요?"

"예비 사도라고 무조건 플래티넘 랭크 따는 거 아니거든요. 나도 일 년 전까지는 헌터 일, 열심히 했습니다. 조사 헌터, 몬스터 헌터, 현상금 헌터. 다 해보고 플래티넘 랭크가 된 거예요."

진 웨이가 으스대며 턱 끝을 치켜들었다.

"천둥새 같은 대형 비행종을 상대하는데 진형이 안일하기 짝이 없잖아요. 브리핑도 단순했고. 당장 앞을 봐요. 칼 든 놈들이 비행종을 어떻게 상대하려고? 뭐 칼이라도 던지게? 의심하지 말라고 마법사를 좀 섞긴 했는데, 후미와 비율 차이가 너무 커요. 아무리 봐도 이건 선두를 먹이로 던져두고서 편하게 사냥하는 구도란 말이지."

"쟤들은 바보라서 그냥 가는 거예요?"

"나름 베테랑이라고 자부하는 놈들은 정작 자기 일에 둔감하곤 하죠. 어쩌면 공명심에 눈이 먼 걸 수도 있고, 아니면 군중심리? 어느 쪽이든, 이대로 가면 천둥새한테 피해가 꽤 많이 발생할 겁……."

진 웨이의 말이 멈췄다. 그는 백현을 우두커니 보다가 말했다.

"……설마."

"맞아요."

"꼭 그렇게 해야 해요?"

"안 죽어도 될 사람들을 죽게 할 필요는 없잖아요."

"다른 사람의 목숨을 신경 써요?"

"그게 이상한 일은 아니잖아요?"

백현이 고개를 갸웃거리며 되물었다. 진 웨이는 대답하지 않고 백현의 얼굴을 뚫어져라 보았다. 물론 이상한 일은 아니다.

하지만 진 웨이는, 여태까지 보았던 백현의 모습을 통해 그가 비상식적으로 뒤틀린 인간이라 이해하고 있었다. 그런데 이제 와서 저런 인간적인 모습을 보이다니.

'미치다 만 건지, 곱게 미친 건지, 미쳐 있음을 자각하지 못

한 건지.'

어느 쪽이든 피곤한 유형이다. 특히나 진 웨이처럼 자기 자신이 가장 소중한 유형의 인간에게는.

행군은 나흘 동안 계속되었다. 게이트가 주변에 없었기 때문에, 밤이 되면 헌터들은 제각각의 방법으로 추위에 저항했다.

가장 인기가 많은 것은 마법이 인챈트 된 텐트와 침낭 등이었다. 흑련회는 아예 대형 텐트를 치고서 밤을 보냈다.

사백 명에 달하는 헌터들이 모여 이동하고 있지만, 몬스터들은 겁도 없이 습격을 감행해 왔다. 덕분에 밤에도 보초를 세워야 했다. 낮에 이동할 때에도 몬스터들은 거듭 습격을 해왔다. 아직까지 사망자는 없었지만, 경상자의 발생은 어쩔 수가 없었다.

피로가 누적된 탓이다. 포션을 마셔가곤 있지만 그렇다고 쌓이는 피로를 모두 해소할 수는 없었다.

나흘이 지났을 때. 토벌대는 사막 지대를 벗어났다. 발이 푹푹 들어가는 모래가 갈라진 땅이 되었고, 바위를 길게 늘여놓은 것만 같은 황색의 바위산들이 나타났다.

말도 안 되는 급격한 풍경의 변화였지만, 이동하는 헌터들 중 그것을 이상하게 생각하는 이들은 한 명도 없었다. 이곳은 바깥세상이 아닌 어비스였고, 상식이 통하지 않는 세계였다.

사막을 벗어났지만, 햇빛은 여전히 뜨거웠다. 백현은 지도를 열어 보았다. 이 부근부터가 블라인드 지역이었고, 무령의 영역이었다.

백현의 곁에는 진 웨이가 자포자기한 심정으로 발을 질질 끌고 있었다. 그는 나흘 내내 백현에게 쫑알거렸다. 작작하고 그냥 돌아가자고. 아니면 저들을 버리고 먼저 앞서가서 천둥 새를 죽여 버리자고.

당연한 말이지만, 백현은 진 웨이의 말을 따르지 않았다. 의미가 없는 일이었다. 천둥새 토벌에 참가한 것은 그 몬스터에게 흥미가 있음과 동시에, 이 토벌을 지켜보는 군주들에게 한번 더 자신을 알리기 위함이었다.

바위산에 달라붙어 있는 몬스터들.

갈라진 땅 위를 기어 다니는 몬스터들.

뜨거운 태양 아래를 날아다니는 몬스터들.

"천둥새다!"

선두의 헌터들이 고함을 질렀다.

화아아악!

거대한 바람이 지면을 휩쓸었다. 버텨내지 못한 수십 명의 헌터들이 땅을 뒹굴었다. 그리고 순식간에 밤이 되었다.

하늘에 나타난 거대한 비행종은 네 장의 날개를 활짝 펴며 작열하는 태양마저 가려 버렸다.

"드디어!"

진 웨이가 반가운 목소리로 부르짖었다. 천둥새는 수십 미터의 상공에서 네 장의 날개를 퍼덕거리며 아래를 내려 보았다. 언제나 사막을 오가며 먹이를 낚아채던 이 대형 비행종은, 자신의 둥지 근처까지 찾아온 수백의 먹잇감을 보며 기쁜 굶주림을 느끼고 있었다.

암막의 주인과 계약한 헌터들이 재빨리 활을 들었다. 마법사들은 마법을 준비했다. 원거리 공격 수단을 갖추지 못한 헌터들은 제각각 무기를 빼 들고서 천둥새가 공격 거리로 떨어지는 것을 기다렸다.

공적에 눈이 먼 수십 명의 헌터들은 마법사들에게 비행 마법을 받아 공중으로 날아올랐다.

옌 차오와 흑련회는 조금씩 뒤로 물러섰다. 천둥새가 선두를 휩쓸어 버리고 아래로 내려오는 순간. 그들이 노리는 총공격의 타이밍은 바로 그 순간이었다.

'어떻게 할까.'

천상기린의 유아백탈(唯我魄奪)은 지난번 화천 어비스에서 사용했다. 검은 강기 구슬에서 수백 개의 강기 바늘을 쏘아내는 것. 그 당시에는 상당히 힘 조절을 하긴 했지만, 이번에 또 사용하는 것은 내키지 않았다.

마음먹고 게스트들에게 과시하기 위해 온 것 아닌가. 조금 더 화려하고, 강력한. 백현의 몸이 둥실 떠올랐다.

"······하늘도 날 수 있었습니까?"

진 웨이가 어이없다는 표정을 지으며 물었다. 백현은 그 질문에 씩 웃어주면서 파천신화공을 운용했다. 백현은 고개를 들어 저 높은 곳에 있는 천둥새를 보았다.

마법사들과 찰싹 붙은 헌터들이 느린 속도로 천둥새에게 다가가고 있었다.

"끼애애애애!"

천둥새의 부리가 열렸다. 커다란 소리가 하늘에 쩌렁쩌렁 울렸다. 주변의 바위산이 뒤흔들렸고 하늘을 날던 헌터들의 몸이 휘청거렸다.

천둥새가 활짝 펼친 날개를 뒤로 젖혔다. 있는 힘껏 일으키려는 날개바람이 하늘에 뜬 헌터들을 노리려 했다.

'정했다.'

빠르게, 아주 빠르게.

키리리릭!

새카만 강기가 백현의 몸을 휘감았다. 그것은 단순한 호신강기와는 전혀 다른 형태를 갖추었다. 마치 눈에 보이는 바람이 백현의 몸을 둘러싼 것 같았다.

그냥 바람도 아니었다. 살짝만 닿아도 피부를 베어버릴 것만 같은 칼바람. 그것이 강기로 구현되었다.

신풍랑(神風狼)은 참 빨랐다.

같은 천하 이십 대 고수 중, 단순 속도에서 신풍랑만큼 빨랐던 이들이 없었던 것은 아니다.

검황이나 매화검선의 쾌검도 충분히 빨랐다. 흑풍괴마의 출수나 괴각옹의 각법도 빨랐다. 하지만 '몸놀림'에서 신풍랑보다 빨랐던 이들은 없었다.

경신법의 극의라고 할 수 있는 능공허도와 상천제. 내공만으로 하늘을 빠르게 나는 어기충소. 신풍랑은 백현에게 처음으로 인간이 하늘에서 얼마나 자유로울 수 있는지를 보여준 적수였다.

백현은 천천히 발을 앞으로 뻗었다. 그의 몸은 아직 이곳에 있었으나, 그는 이미 저만치 먼 곳을 날아가는 자신의 모습을 그렸다.

파천신화공이 단전의 내공을 백현의 전신으로 퍼뜨렸다. 사도로 익힌 무공. 천무성의 자질로 훔치고, 몸으로 겪어가며 배운 신풍랑의 무공이 파천신화공을 통해 펼쳐졌다.

풍신천주(風神天走). 천둥새가 네 장의 날개를 퍼덕거리며 날개바람을 일으켰을 때.

백현의 몸은 시커먼 폭풍에 휘감겨, 바람을 꿰뚫었다.

벌어진 일을 제대로 이해하는 사람들은 없었다. 예비 사도인 진 웨이조차도 자신이 본 일을 완전히 받아들일 수가 없었고, 플래티넘 랭크의 헌터인 옌 차오는 말할 가치도 없었다.

비행 마법의 도움으로 하늘을 날고 있던 헌터들은 흩어진 바람에 얻어맞아 공중을 뒹굴다가 간신히 균형을 잡았다. 땅에 선 마법사들은 뒤늦게 입을 쩍 벌렸다.

만약 폭풍의 신이 강림한다면 저런 모습일까. 시커먼 바람, 그것은 '그렇게 보일 뿐'인 강기의 기류다.

그것을 전신에 휘감고 하늘로 쏘아져 나간 백현은 천둥새의 바람을 찢고서 순식간에 놈의 높이까지 도달했다.

부리를 쩍 벌리고 괴음을 토해내던 천둥새의 두 눈이 휘둥그레 떠졌다.

'크다.'

아래에서 볼 때는 그리 커 보이지 않았는데, 가까이서 보니 참 컸다. 거리가 더, 더 가까워질수록 놈이 얼마나 큰지 잘 알 수 있었다.

지난번에 보았던 전갈이나 귀면주의 여왕도 충분히 컸는데. 천둥새는 정말 어지간한 종합 상가 건물보다 컸다.

그 크기에 위축되지는 않았다. 백현은 속도를 줄이지 않았다. 충돌은 그에게 조금도 두려움을 전해주지 않았다.

꽈아앙!

풍신천주로 튀어나간 백현이 천둥새와 정면으로 충돌했다.

끼애애애!

천둥새가 몸을 뒤틀며 비명을 질렀다. 놈의 덩치에 비해 백현은 정말 작았지만, 충돌의 위력은 천둥새의 거체를 뒤로 쭈욱 밀어냈다.

'흠.'

몸에 직접적으로 닿지 못했다. 충돌 직전에, 천둥새의 몸과 조금 떨어진 곳에 보이지 않는 막 같은 것에 막혀버렸다.

'이게 내성결계로군.'

단순히 덩치만 큰 몬스터였다면 벨파르의 헌터들이 몇 달 동안 놈에게 발이 묶이지도 않았을 것이다. 천둥새는 보기 드문 대형 비행종답게 대부분의 공격을 방어하는 강력한 내성결계를 가지고 있었다.

물론 내성결계라고 해서 공격을 완전히 무시하게 해주는 것은 아니다.

백현이 몸에 두른 강기 돌풍이 예리하게 날을 세웠다. 그건 마치 수십, 수백 개의 고리가 백현의 몸을 휘감은 것 같은 모습이었다.

그 뒤에는…….

키리리릭!

강기 돌풍이 회전을 시작했다. 초고속의 움직임으로 백현의 몸을 수십 수백 번 걸레 조각으로 만들었던 신풍랑의 풍신천주. 그 진가는 단순히 쾌(快)에만 있는 것이 아니다. 백현은 천천히 뒤로 물러섰다.

"낭아천섬(狼牙天閃)."

백현은 작은 소리로 중얼거렸다. 강기 돌풍의 회선이 극한
에 달했다. 이제는 더 이상 회전하는 모습조차 보이지 않았다.

백현의 몸은 새카만 원형의 구체에 휘감겼고, 백현은 몸을
낮추어 내성결계 너머의 천둥새를 노려보았다.

전신 근육이 의식과 함께 흥분했다. 그는 두 번째 질주를 준
비했다.

검은빛이 한 번 번쩍였다.

꽈아아앙!

첫 번째 충돌을 우습게 만드는 소리가 하늘을 울렸다. 그
충돌로 천둥새의 내성결계는 완전히 박살 났다.

놈은 비명도 지르지 못했다. 뒤로 쭈욱 밀려 날아가는 천둥
새가 날개를 퍼덕거렸다.

놈이 일으키는 돌풍은 백현에게 그리 위협적이지 않았지만,
눈에는 거슬렸다. 아니, 하늘에서 싸우는 것 자체가 마음에 들
지 않았다.

'잘 안 보이잖아.'

기왕 할 거 잘 보이게, 쇼맨십도 섞어 가면서. 백현의 발이
허공을 박찼다. 날개가 거슬린다.

'그러니까 찢는다.'

백현이 움직일 때마다 강기의 폭풍이 몰아쳤다. 눈으로 좇

기도 힘든 초고속의 세계에서 백현은 모든 것을 보고 느끼고 있었다.

그의 의식은 초고속의 움직임과 상반되게 아주 느리고, 정확하게 상황을 관조했다.

날개를 퍼덕거릴 때마다 바람의 흐름이 바뀐다. 놈이 일으키는 돌풍은 약하다. 물러서지 않고 돌격, 관통했다. 쓸데없이 크기만 한 날개를 맨몸으로 꿰뚫었다.

그대로 공중에서 방향을 꺾어 아래로, 두 장째의 날개를 관통했다. 말이 관통이지, 꿰뚫은 순간 백현의 몸을 감싼 강기 폭풍이 날개를 통째로 찢어발겨 버렸다.

오른쪽 날개를 모두 잃은 천둥새가 비명을 질렀다. 놈은 반대쪽 날개를 열심히 퍼덕거리며 어떻게든 비행하려 했지만, 한쪽 날개로 그 거체를 지탱하는 것은 불가능했다.

천둥새의 몸이 아래로 고꾸라져 떨어졌다. 그 아래에는 입을 쩍 벌리고서 비상식적인 전투를 관전하는 헌터들이 있었다.

이대로 추락하면 수백 명이 천둥새에게 압사당할 것이다. 그건 백현이 바라는 바가 아니었기에, 그는 속도를 북돋아 천둥새의 뒤를 쫓았다.

'하이로드시여.'

진 웨이는 떨어지는 천둥새를 올려보며 섬기는 군주를 불렀다.

'만약에, 정말로, 나보고 저 괴물과 싸우라고 한다면. 예비

사도고 뭐고 다 때려치우고 도망치겠습니다.'

떨어지는 천둥새에게는 별 위기감을 느끼지 않았다.

대형 비행종.

상대하기 힘든 것은 틀림없는 사실이겠지만, 그것은 어디까지나 '헌터'에게 해당하는 이야기다. 전투 특화가 아닌 진 웨이조차도 천둥새를 혼자 사냥할 수 있다.

그만큼 사도와 헌터 사이에는 큰 격차가 존재한다.

헌터가 아무리 발버둥 쳐보아야, 군주의 모든 권능을 사용하는 사도에 대적하는 것은 불가능하다.

레벨 300이 넘는 옌 차오라고 해도 결국 사도는 아니다.

문제는 사냥의 방법이다. 저렇게 단순무식한…… 그것을 가능하게 만드는 압도적인 힘. 예비 사도인 데다 전투 특화가 아닌 하이로드의 권속인 진 웨이로서는 절대로 흉내 낼 수 없는 방법이다.

'단순히 빠르기만 하면 또 몰라.'

"우, 우와아악!"

"떨어진다!"

넋 나간 얼굴로 위를 보고 있던 헌터들이 비명을 질렀다. 그들은 앞다투어 도망치기 시작했고, 진 웨이도 아무런 위기감 없이 헌터들 사이에 섞여들었다.

후방에 빠져 있던 옌 차오는 입을 쩍 벌리고서 추락하는 천둥새와 그를 뒤쫓는 백현을 쳐다보았다.

"회, 회주님. 내버려 둬야 합니까?"

"……그럼 공격할까?"

옌 차오는 헛웃음을 흘리며 물었다.

"저 괴물을?"

당연한 말이지만, 옌 차오가 말하는 괴물은 천둥새 따위가 아니었다. 전 세계에서 레벨 300 이상의 헌터는 30명도 안 된다. 옌 차오는 헌터로서 정점에 가까운 인물이었다.

그렇기 때문에, 헌터와 사도 사이에 얼마나 큰 차이가 존재하는지 잘 알고 있었다. 그것은 레벨을 올린다고 해서 따라잡을 수 있는 차이가 아니다. 말 그대로 격의 차이. 아무리 헌터로서 강해진다고 해도, 사도에게 도전하는 것은 자살행위다.

'라이 룽과 비교하면……'

그녀를 알고 있기 때문에, 옌 차오는 지금 상황을 빠르게 납득하고 포기할 수 있었다. 아무리 헌터로서 강하다고 해도 진짜 괴물의 앞에서 인간은 결국 인간에 지나지 않는다는 것을 잘 알고 있었기 때문이다.

"엇……"

위를 올려보던 흑련회의 길드원 중 하나가 얼빠진 소리를 냈다.

꽈아앙!

백현의 주먹이 천둥새의 몸을 때려 갈겼다. 그러자 아래로 주락하던 천둥새의 몸이 통째로 날아가 몇 개의 바위산을 무너뜨리고 땅에 처박혔다.

그 광경은 옌 차오의 가슴 한구석에 은연중에 남아 있던 미련을 완전히 날려 버렸다.

백현은 여전히 강기 돌풍을 몸에 휘감고서 천둥새에게 다가 갔다. 두 장의 날개가 갈기갈기 찢기고 힘껏 때린 주먹에 얻어 맞은 천둥새는, 무너진 바위산의 잔해에 깔려 죽어가고 있었다.

어떻게든 일어서기 위해 잘 움직이지 않는 날개를 퍼덕거렸지만, 무의미한 발악이었다.

백현은 깨진 천둥새의 부리를 보며 쩝- 하고 입맛을 다셨다.

"네가 더 셌으면 좋았을 텐데."

기껏 쇼맨십을 발휘해가며 싸워보려 했는데, 이번에도 상대가 너무 약했다.

'그래, 이번에도. 이번에도.'

백현은 가슴 안쪽이 간질거리는 것을 느끼며 주먹을 쥐었다 폈다. 그건 스스로도 잘 알 수 없는 기분이었다. 아주 미묘한, 그래서 더 거슬리는……

'짜증?'

크게 기대를 했던 것은 아니다. 강해봤자 몬스터였다.

하지만 약간의 기대를 했던 것은 어쩔 수 없었고, 하늘에 나타난 천둥새를 보았을 때. 백현은 자신의 기대가 얼마나 덧없는 것이었는지를 깨달았다.

이번에도 똑같았다. 화천 어비스의 몬스터와 귀면주의 여왕과 박준환이 그랬던 것처럼. 이번에도 똑같았다.

백현은 어떻게든 일어서기 위해 버둥거리는 천둥새의 머리를 향해 손을 뻗었다. 이번에도 똑같았지만, 다음을 기대하면서.

'그래도 헌터들을 통해 이 상황을 보고 있는 군주들에게 어느 정도 힘을 보여주기는 했으니까.'

백현의 손이 검은빛에 휘감겼다.

[하이로드가 경계합니다.]

진 웨이의 머릿속에 목소리가 울렸다.

그는 왜 이런 소리가 들리는 것인지 이해할 수가 없었다. 지금 백현이 천둥새를 끝내기 위해 내보인 힘은 하이로드의 경계심을 끌어낼 정도는 아니었다.

하이로드뿐만이 아니었다. 천둥새를 토벌하기 위해 모인 헌터들. 그들과 계약하고 있는 모든 군주들이 반응을 보였다.

[용성군이 놀라워합니다.]
[혈사자가 흥미를 갖습니다.]

[아이언메이드가 눈살을 찌푸립니다.]
[퓨어세인트가 미소 짓습니다.]
[위치엔드가 불쾌감을 느낍니다.]
[템페스트가 살의를 느낍니다.]

백현은 그 어떤 군주와도 계약하지 않았기 때문에, 그 소리를 들을 수 없었다. 하지만 듣지 않아도 느낄 수 있었다. 흥분이 가라앉으며 고요해졌던 심장이, 빠르게 뛰기 시작했다. 전신의 털이 오싹하고 곤두섰다.

백현은 본능적으로 무언가를 느끼고서 고개를 치켜들었다. 눈을 찌를 듯 강렬한 태양. 그 아래에, 수면 위에 작은 돌멩이를 던진 것처럼 파문이 일어나고 있었다.

쩌적.

하늘에 자그마한 균열이 만들어졌다. 백현은 자신도 모르게 손을 들어 가슴을 짚었다.

쿵쿵거리며 뛰는 심장의 고동이 손을 들썩거리게 만들었다. 균열이 늘어나기 시작했다.

공간이 조각나 떨어져 흩어졌고, 그 안에서는 새카만 어둠이 출렁거렸다. 균열의 틈새를 통해 어둠이 흘러나왔다.

그 안에서, 백현은 자신이 바라 온 존재가 명백한 살의를 갖고 이쪽을 노려보고 있음을 느낄 수 있었다.

쉭.

그 존재는 조용히 어둠 속에서 몸을 내밀어, 지상으로 낙하했다. 그는 가장 먼저 아직 숨이 붙어 있는 천둥새의 머리 위에 내려섰다.

콰드득.

천둥새의 머리는 그 존재의 무게를 감당하지 못했다. 머리가 계란처럼 퍽 터졌고, 그 뒤에는 지면 전체가 파도치듯 크게 출렁거렸다. 그 여파로 주변의 바위산이 모조리 무너져 내렸다.

"으……."

누군가가 간신히 입을 열었다.

"으아아아!"

머릿속에 들리는 군주의 목소리는 알 바가 아니었다. 모인 헌터들 전원이 공포에 압도되어 비명을 지르고 앞다투어 도망치기 시작했다.

옌 차오도 마찬가지였다. 그와 계약한 용성군은 옌 차오의 행동에 불쾌감과 함께 앞으로 벌어질 상황을 더 보고 싶음을 전했지만, 옌 차오는 용성군의 목소리를 귀담아듣지 않았다.

그토록 바라던 군주의 계시였지만, 절대로 이곳에 남아 있고 싶지 않았다.

수백 명의 헌터들이 비명을 지르며 도망쳤지만, 진 웨이는 움직일 수가 없었다.

그는 딱딱하게 굳은 얼굴로 서서 앞을 보았다. 헌터들은 서로 살겠다고 앞으로 달려 나가며 주변의 사람들을 밀치고 난리였지만, 진 웨이의 주변으로는 가까이 다가오지 않았다.

진 웨이가 펼쳐 둔 의식결계 때문이었다.

"……제기랄."

진 웨이는 양손으로 얼굴을 뒤덮었다. 아직은 도망칠 상황이 아니다. 저 존재도, 백현도 진 웨이를 죽이려 하지 않고 있으니까.

하지만 진 웨이로서는 지금 이 상황에 있다는 것 자체가 고역이었다.

"나는."

존재가 숙였던 몸을 일으켰다. 그는 길게 묶은 머리카락과 2m에 달하는 거구에 네 개의 눈을 가지고 있었다.

피부는 암석 같은 회색빛이었고, 벌어진 입 사이로 보이는 이는 맹수의 것처럼 날카로웠다. 그 외에는 두 개의 팔을 갖고 두 개의 다리로 서서, 인간과 크게 다르지 않은 모습이었다.

"철혈궁 사신장(四神將) 중 하나인 유기라고 한다."

네 개의 눈이 백현을 쳐다보았다.

화아아악!

무형의 기운이 주변을 휩쓸었다. 백현이 입은 무복과 머리카락이 크게 펄럭거렸다.

백현은 뺨에 튄 천둥새의 핏물을 엄지손가락으로 훔쳐 닦았다.

"겁도 없는 인간이로구나. 이곳이 철혈궁의 영지임을 몰랐던 것이냐?"

"아니."

유기가 싸늘한 목소리로 물었고, 백현은 환히 웃으며 대답했다.

"알고 왔어."

"그렇다면 더더욱 이해할 수가 없구나. 벌레처럼 약한 인간이라지만 정말 벌레처럼 멍청하지는 않을 텐데. 너는 왜 이곳에 온 것이냐?"

"이렇게 만나는 것을 기대하고서."

백현은 여전히 웃는 얼굴로 대답했다. 그 대답에 유기가 가진 네 개의 눈이 가늘어졌다.

"……기대?"

"이곳에 오면 철혈궁의 신장과 만날 수 있을지도 모른다고 들었으니까."

가슴 안쪽의 간질거림이 사라졌다. 미묘하고 거슬리는 짜증도 느껴지지 않았다. 도원경에서 만끽했던 즐거움이 백현을 가득 채워나갔다. 또한, 백현은 몇 가지를 확신할 수 있었다.

나는 이곳에서 죽지 않는다.

"그리고 실제로 만났잖아."

만약에 죽는다 해도 상관없다.

그만한 즐거움을 느낄 수 있을 테니까.

백현은 천천히 주먹을 쥐어 앞으로 들어 올렸다.

"날 죽이려고 온 거지?"

"말해 무엇할까?"

자세를 잡는 백현을 보면서 유기가 내뱉었다.

"다행이다."

유기의 대답이 백현을 더욱 즐겁게 만들었다.

To Be Continued